BLANCHE ET ROSINE

1e SÉRIE IN-12.

Le soir, c'était la lecture des livres de piété. (P. 56.)

BLANCHE

ET

ROSINE

P. A. HENRY

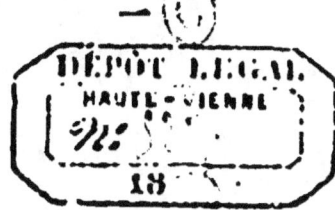

LE

TALENT ET LA VERTU

RÉCOMPENSÉS.

———•••••••••••••••••••••••••••••••••••————

I. — UN BAL. — LA MORT D'UN PÈRE.

— BLANCHE, pourquoi, soucieuse et le front penché sur le marbre froid de la cheminée, es-tu là seule dans le salon? as-tu donc oublié l'heure du départ? Quoi! tu ne songes pas à ta toilette? Ma sœur, je ne te comprends point. Et la jeune Rosine, en s'exprimant ainsi, admirait son éclatante parure, tantôt sa robe de gaze légère dont les plis ondoyants dessinaient sa taille gracieuse, tantôt les perles qui formaient sur son front un charmant diadème.

Rosine se trouvait bien belle; et sa vanité recueillait par avance le bonheur qu'elle attendait dans la soirée de plaisir qui se préparait pour elle.

— Je ne puis t'accompagner, dit Blanche; je n'irai point avec vous, ce soir, chez madame de Fontville : mon oncle m'a permis de demeurer ici; tu le sais, Rosine, je ne suis pas faite pour les joies du monde. D'ailleurs, je ne me porte pas bien, je souffre.

— Encore un de tes caprices! dit la jeune fille légère; eh bien! reste donc, puisque tu préfères la solitude. Et après s'être regardée une dernière fois dans la glace, elle s'enfuit du salon.

Blanche prêta longtemps l'oreille. Puis, lorsqu'elle eut entendu rouler sur le pavé l'élégant équipage qui emportait son oncle et sa sœur, la jeune fille s'écria avec joie :

— Ah! je suis libre enfin!

Alors, ouvrant un petit coffre avec une clef suspendue à un ruban noir qu'elle portait habituellement autour de son col, elle en retira une bourse.

— Cent francs, dit-elle après les avoir comptés; et l'enfant, radieuse, emportant ce trésor, monta rapidement trois étages.

Dans une mansarde de la maison, et sur un grabat, était étendu un pauvre vieillard malade, qui n'attendait plus que de Dieu des secours qu'il avait vainement implorés de la bonté des hommes.

— Tenez, brave homme, dit la pieuse Blanche : voilà pour vous faire soigner. C'est pour vous tout cela. Et l'enfant déposait dans la main tremblante du vieillard tout l'argent qu'elle avait amassé pièce à pièce.

— Mais c'est un songe! dit le malade en faisant des efforts pour se lever et pour mieux voir l'ange de charité qui lui apparaissait.

Peut-être croyait-il être sous le prestige d'un de ces rêves qui bercent les infortunés, car il s'écria : — Mon Dieu! suis-je bien éveillé? Et il passait sa main sur ses yeux. Puis il considérait la jeune fille, qui, silencieuse, se tenait près de lui.

— Tout cet argent pour moi! dit-il encore; mais comment se fait-il? Mais vous êtes un ange descendu du ciel!... Et le vieillard pleurait de joie.

— Oh! non, dit naïvement Blanche, je suis votre voisine, bon vieillard; j'habite le premier étage de cette maison; ce sont mes économies que je vous offre de bon cœur, voilà tout. Et puis, voulant se dérober à l'expansive gratitude du vieillard, Blanche disparut.

Quelques jours avant la fête donnée par madame de Fontville, on avait dit à Blanche : Pendant que vous serez tous à vous divertir, la pauvre famille qui habite la mansarde périra dans les angoisses de la faim et du désespoir.

Et alors Blanche avait dit :

— Je n'irai pas à cette fête, et l'argent qu'il me faudrait employer pour une parure frivole, arrachera à la mort une pauvre famille; et pour la première fois de sa vie, Blanche dut souiller ses lèvres d'un mensonge; il fallait user d'un prétexte pour ne point se rendre au désir de son oncle : Blanche osa dire qu'elle était malade.

Ainsi, pendant que Rosine, semblable au léger papillon qui se joue aux rayons du soleil, voltigeait autour d'un salon éclairé par un lustre étincelant, demandant le bonheur à un monde dont les plaisirs ne laissent au cœur qu'amertume et remords, la sainte et généreuse Blanche trouvait des jouissances réelles dans son propre cœur, dans le sentiment d'un devoir accompli, dans l'excercice de la charité chrétienne.

Un mois après cette fête, deux jeunes personnes se trouvaient dans la même chambre : l'une était couchée sur un sofa, et depuis peu rétablie d'une fluxion de poitrine qui l'avait mise aux portes du tombeau..... C'était Rosine!

L'autre, fraîche et en parfaite santé, veillait avec sollicitude auprès de la convalescente. C'était Blanche.

Tout-à-coup la porte de cette chambre s'ouvre; un vieillard, suivi de trois enfants, est devant les deux sœurs.

— Ah! c'est vous! voilà bien mon ange libérateur! s'écria le vieillard en désignant Blanche; vos traits, Mademoiselle, se sont trop bien gravés dans ma mémoire le soir où vous m'êtes apparue, pour que je puisse me tromper. Soyez bénie! car vos bienfaits ont conservé un père à ses enfants; il me tardai de vous dire que je vous dois la vie. Oh! soyez bénie, ma noble bienfaitrice! et les enfants venaient se jeter aux genoux de Blanche, dont le front s'était soudain couvert d'une noble rougeur. Son cœur battait de délicieuses émotions. Et Rosine, muet témoin de cette scène touchante, dit froidement à sa sœur, lorsque celle-ci eut congédié le vieillard reconnaissant :

— Cet homme m'a fatigué les nerfs : comment peux-tu t'exposer à de semblables visites?

Et Blanche se recueillit dans sa douce joie; une larme pourtant vint humecter sa paupière : l'ange pleurait sur l'insensibilité et les erreurs d'une sœur qu'elle aimait. Mais retournons en arrière.

M. Dorival, le père de Rosine et de Blanche, n'ayant pu surmonter la douleur que lui causait la mort prématurée d'une épouse chérie, succomba, jeune encore, laissant ses deux filles en bas âge, qu'il recommanda à son frère, veuf lui-même et sans enfants. M. Dorival, l'oncle

des deux orphelines, occupait alors une place
dont les émoluments considérables lui permet-
taient de satisfaire son goût excessif pour le
faste et la prodigalité.

Ce frère malheureux, qui aurait dû lui être
cher, ne lui avait jamais inspiré aucune tendre
sympathie, tant son âme s'était desséchée par
l'égoïsme; et bien qu'ils habitassent tous deux
Paris, dix années s'étaient écoulées sans réunir
une seule fois ces deux frères d'un caractère si
différent; c'est que l'un s'éloignait par délica-
tesse de la maison du riche, craignant qu'on
pût attribuer ses visites à un motif d'intérêt;
et que l'autre, ne jugeant du mérite d'un indi-
vidu que sur son plus ou moins de fortune, se
disait bien souvent : Mon frère est pauvre; or,
il est sans mérite, sans talent, sans esprit : il
n'est pas digne d'une amitié comme la mienne.

Mais un jour que M. Dorival le riche était
chez lui, assis à une table splendidement ser-
vie, et que tous les parasites qu'attirait sa fortune le comblaient de louanges intéressées, une
lettre lui fut apportée.—C'est pressé, Monsieur,
lui dit le laquais en riche livrée; M. Dorival
ouvrit nonchalamment la lettre, et lut :

« Mon frère, je me meurs; viens, accours;
» j'ai une prière à t'adresser.

                                » DORIVAL. »

Et le riche se dit aussitôt : — Enfin, sa misᵉre l'emporte sur sa fierté : il veut de l'argent, et pour m'attendrir, il exagère son danger; il n'est peut-être que légèrement indisposé. Et l'égoïste achève son dîner, mêle les éclats d'une coupable joie à celle de ses nombreux convives, parle avec orgueil de sa fortune, se plaint d'éprouver de l'ennui, tant il lui est facile de contenter ses désirs, dit qu'il ne sait comment employer l'argent dont il dispose; et l'insensé laisse mourir son frère de misère et d'abandon !

Le repas est enfin terminé, les faux amis partis. M. Dorival, libre de tout autre souci, songe à son frère, fait atteler les chevaux, et se rend chez lui.

Dans une petite chambre au sixième étage, se trouve un pauvre moribond; à ses côtés est assis un vénérable ecclésiastique, essayant, par ses consolantes paroles, d'adoucir au mourant le dernier pas de la vie à la mort; une croix, symbole de rédemption, est entre ses mains débiles; de temps en temps l'agonisant y pose ses lèvres. Autour de ce lit, où viennent s'anéantir toutes pensées mondaines, règne un silence imposant qui fait penser à Dieu et à l'éternité. Plus loin, et recueillies dans une tristesse causée par le vague instinct d'un malheur, Rosine et Blanche ont cessé leurs jeux bruyants, attentives aux paroles qui s'échap-

pent de la bouche du prêtre. Il leur semble, à
ces pauvres enfants, que cet homme aux vêtements sombres va prononcer l'arrêt de leur
sort ; une femme, une servante qui a vu naître
ces deux petites filles, et dont la fidélité éprouvée résiste aux infortunes de cette famille vertueuse, va, vient, et frémit à la pensée de la
mort qui va frapper son malheureux maître.

C'est en cet instant que le riche arriva chez
son frère. Son premier regard fut pour l'ameublement plus que modeste de la chambre ; peut-
être son cœur se pénétra-t-il d'un léger remords à l'aspect de tant de misère, car sa voix
sembla s'adoucir : — Eh bien ! eh bien ! c'est
donc sérieux, mon pauvre Joseph ?

— Oh ! de grâce, parlez plus bas, Monsieur,
répondit l'ecclésiastique, votre frère est bien
mal. Vous avez bien tardé ; l'infortuné vous attendait avec impatience.

— Me voici, Joseph, reprit M. Dorival plus
affectueusement, en prenant une main du moribond, qui, à ce contact, sembla se réveiller
de sa pieuse léthargie ; puis d'une voix à peine
intelligible : — Ah ! dit-il, tu seras peut-être
venu à temps, mon frère, pour recueillir avec
mon dernier soupir le vœu le plus cher de mon
cœur.

— Parle, Joseph, dit le riche, j'ai bien des
torts envers toi : il n'est rien que je ne sois dis-

posé à faire pour les réparer. En cet instant
M. Dorival était sincère; son imagination, qui
ne s'était reposée jusque-là que sur des tableaux
riants, des images gracieuses et mensongères,
venait de se heurter tout-à-coup contre une
vérité immuable. Il passa rapidement un exa-
men de conscience, et cet homme léger fut
épouvanté à la pensée qu'il arrive un moment
terrible où toutes les choses d'ici-bas nous
échappent, et qu'en face de Dieu il nous faut
rendre un compte fidèle de toutes nos bonnes
ou mauvaises actions.

— Oui, parle, mon frère; je t'écoute, dit-il.

— Tout ce que Dieu peut verser d'amertume
et de douleurs dans le cœur d'un homme, je
l'ai senti. J'ai bien souffert, mon frère, dit l'a-
gonisant; j'ai traversé la vie courbé sous le
poids du malheur, mais le front haut, vois-tu,
parce que ma conscience était pure, et que j'ac-
ceptais les épreuves que le Seigneur m'en-
voyait avec une résignation toute chrétienne,
et cependant, mon frère, à l'instant où je dois
recueillir la récompense que Dieu réserve aux
patients, me voilà plus triste, plus malheureux
que jamais: c'est que je reste sans force et sans
courage à la pensée que je dois laisser seules,
sans appui, deux pauvres orphelines auxquelles
je ne laisse aucune fortune.

C'était pour l'attendrir sur leur sort, c'était

pour les laisser à ta garde, que je l'ai prié de
venir. Mon frère, accorde-leur ton amitié, pro-
mets-moi de les recueillir chez toi, de les pro-
téger, de les aimer, et je mourrai content !

Il se fit un silence pénible, après lequel
M. Dorival dit d'une voix tremblante :

— Mais il leur reste encore quelques débris
de ta fortune ?

— Plus rien, murmura le malade. Je suis au
lit depuis une année tout entière : mes ressources se sont épuisées; le temps presse, mon
frère, puis-je compter sur toi ? Mes filles...
veux-tu t'en charger ? Et le prêtre, affligé de
cette longue hésitation du riche, prit le Christ
des mains du mourant, et le lui présentant :
Allons, Monsieur, dit-il d'une voix grave et so-
lennelle, jurez à celui qui va paraître devant
notre Seigneur Jésus-Christ que ce n'est pas en
vain qu'il aura imploré votre pitié pour ses
enfants.

Et M. Dorival troublé dit aussitôt :

— Joseph, meurs tranquille, tes filles deviendront les miennes.

Et comme si le malade eût attendu le serment
de son frère pour mourir :

— Merci ! dit-il; et dans un dernier soupir
son âme s'échappa de son enveloppe terrestre.

II. — ROSINE ET BLANCHE. — UNE ARTISTE.

HEUREUX, oh! bienheureux l'âge de l'enfance, cet âge d'ignorance et de paix, où les plus grandes douleurs nous atteignent sans qu'elles puissent laisser dans notre âme des traces profondes; la mort d'un père, d'une mère, de ces amis vrais et sincères que la nature nous donne une seule fois, sans qu'il soit possible de les remplacer jamais lorsqu'ils nous sont enlevés, fait verser quelques larmes aux enfants plutôt par l'aspect lugubre qui les environne quand ils en sont les témoins, que par la connaissance réelle de la perte qu'ils viennent de faire.

Blanche et Rosine, en voyant jeter le drap funéraire sur leur père, en voyant pleurer la fidèle servante, comprirent qu'elles ne devaient plus revoir l'auteur de leurs jours : les pauvres petites firent entendre des plaintes déchirantes, poussèrent des sanglots; puis, peu de jours après, lorsqu'elles entrèrent dans l'hôtel de leur oncle, accompagnées de la servante, qui avait instamment supplié M. Dorival de ne point la séparer de ses jeunes maîtresses, le sourire revint sur leurs lèvres; tous les objets nou-

veaux qui s'offraient à elles excitaient vivement
leur naïve admiration; Rosine surtout, moins
sensible et moins réfléchie que sa jeune sœur,
eut bientôt oublié, dans ces salons tout res-
plendissants d'un luxe jusqu'alors ignoré, le
pauvre appartement qu'elle avait habité; et si
quelquefois sa mémoire venait à lui retracer le
passé, la comparaison qu'elle en faisait avec
sa vie actuelle, loin de lui faire éprouver un
regret, ajoutait au contraire au sentiment de
joie qui pénétrait son âme.

Il n'en était pas de même de Blanche, presque toujours sur les pas de Marie, sa bonne
servante.

— Parle-moi de mon père, lui disait-elle
avec des larmes dans la voix; est-ce donc
bien vrai que je ne dois plus le revoir? si le
bon Dieu voulait que je me réunisse à lui,
comme je serais contente!

Et Marie, touchée de ce pieux souvenir, attirait l'enfant sur ses genoux, et leur tristesse se
confondait! D'autres fois, cette dévouée servante, à défaut d'instruction, versait dans cette
âme triste et aimante tous les trésors d'une
sagesse instinctive et d'une piété naturelle :
elle enseignait à Blanche à se résigner à la
volonté de Dieu, surtout à porter à son oncle
une affection qu'elle lui devait à tant de titres.

— Sans cet homme généreux qui nous a re-

cueillies chez lui, que seriez-vous devenues
dans le monde? lui disait-elle. Je ne vous aurais pas abandonnées, c'est vrai; j'aurais pré-
féré travailler nuit et jour plutôt que de vous
laisser manquer de pain; mais que pouvais-je
pour votre bonheur à venir, pauvre femme que
je suis! Blanche, mon enfant, il faut aimer votre oncle. Et la petite répondait :

— Oh! vois-tu, je ne pourrai jamais l'aimer
comme j'aimais mon papa; je te promets,
Marie, d'essayer... je te le promets.

Elle avait bien quelque raison pour s'expri-
mer de la sorte, la bonne petite Blanche!

M. Dorival, forcé à une générosité qui ne lui
était point naturelle, n'entrevit, en se char-
geant de ses nièces, qu'embarras et ennui; son
orgueil lui commandait de leur donner une
éducation brillante, qui pût un jour l'empêcher
de rougir d'être leur parent; il fallait veiller
constamment sur ces jeunes filles avec une
sollicitude paternelle, et s'éloigner peut-être
de ces plaisirs du monde auxquels il s'était ha-
bitué depuis si longtemps.

— Il me faudra dépenser de l'argent pour
des ingrats, se disait-il avec dépit.

Ce fut dans ces dispositions si peu favora-
bles aux orphelines, qu'un matin il se les fit
amener; il voulait les interroger pour sonder
leurs dispositions.

Blanche et Rosine sont devant lui : Rosine, la tête haute et fière, la physionomie rayonnante ; Blanche, le cœur plein de sanglots, et frémissant à l'idée de parler à cet inconnu qui se dit son parent, et qu'elle a vu pour la première fois cependant le jour où son père lui fut enlevé sans retour, triste circonstance qui a frappé douloureusement sa jeune imagination, et qui fait crier à tous ses instincts d'enfant : Cet homme n'aimait pas mon père !

— Approchez, petites, dit l'homme du monde en s'étendant avec mollesse dans un vaste fauteuil ; et son regard se fixa d'abord sur Rosine qui, moins craintive que sa sœur, s'était hâtée d'obéir. Elle est bien jolie déjà, pensa-t-il, et son orgueil en fut flatté.

— Quel âge avez-vous, mon enfant ? dit-il avec une douce inflexion de voix.

— Six ans, je crois, dit Rosine en souriant.

— Ah ! vous êtes déjà une grande fille ; et dites-moi, vous sentez-vous disposée à m'aimer un peu, et à devenir bien obéissante ? Voyons, parlez.

—Oui, mon oncle, continua l'enfant, je vous aime beaucoup déjà, parce que vous êtes venu me retirer de cette vilaine maison où je m'ennuyais. Vous êtes riche, n'est-ce pas ?

M. Dorival sourit. Elle a de l'esprit, pensa-t-il, j'en ferai quelque chose, elle me fera honneur. Rosine continua :

— Puisque vous êtes riche, faites-moi donner de belles robes. Comme tout est beau et brillant chez vous, mon oncle! je suis bien joyeuse d'être ici.

— Tu es une aimable et bonne petite fille, répliqua M. Dorival en l'attirant vers lui; et il déposa un baiser sur le front de Rosine.

— Mais où est ta sœur? Elle n'est plus là, dit-il en cherchant Blanche qui s'était blottie contre un meuble pour cacher les larmes qu'elle n'avait pu retenir, alors qu'elle avait reconnu, par les paroles qu'avait prononcées Rosine, combien elle était insensible au souvenir de leur bonheur passé, combien peu elle se rappelait leur père.

— Mais où donc est-elle? répéta M. Dorival. Et Rosine courut vers Blanche pour l'amener près de leur oncle; elle avait pris la main de l'enfant désolée qui résistait, se cramponnant à un fauteuil.

— Mon oncle, s'écria Rosine, Blanche pleure, elle ne veut pas venir vous embrasser.

— Et pourquoi pleure-t-elle? Alors, d'une voix impérieuse et rude, il commanda à l'enfant obstinée de venir sur-le-champ.

Cette fois, à pas lents et la tête baissée, l'enfant s'approche de son redoutable juge.

— Comme elle est laide! pensa M. Dorival. En effet, Blanche n'avait point été favorisée de la nature : des traits irréguliers, un teint brun, une grande bouche, lui donnaient au premier abord je ne sais quoi de repoussant. Mais pour qui aimait à saisir, sur l'impression du visage, les sensations de l'âme, Blanche cessait d'être laide, devenait plus belle, et intéressait.

— Ah ! vous pleurez, Mademoiselle; voyons, levez la tête et répondez-moi, sournoise que vous êtes. Quel est le sujet qui vous afflige? cria plus fort M. Dorival.

— Je pleure, dit Blanche en tremblant, parce que je regrette mon bon papa, parce que Rosine l'oublie; je pleure, voyez-vous, Monsieur, parce que vous êtes venu chez nous le jour où il y avait aussi un grand monsieur noir, qui a emporté mon papa, et que depuis je ne l'ai plus revu : voilà pourquoi je pleure... Et en effet l'enfant versait des torrents de larmes.

— Allons, se dit intérieurement M. Dorival, c'est une sotte : elle ressemble à son père, elle aura de grands sentiments, qui n'aboutiront qu'à la pauvreté; elle regrette son taudis. Et cet homme venait de juger les deux sœurs. Dès ce moment se déclara une aveugle prédilection pour Rosine; et la pauvre Blanche ne fut plus que l'objet de la froide indifférence de son oncle.

Quelques mois après cette scène, des professeurs leur furent donnés. Moins désireux de leur faire acquérir une instruction solide qu'une éducation brillante et mondaine, ce fut toujours aux maîtres que M. Dorival recommanda d'une manière particulière sa nièce chérie.

— Faites-moi de cette enfant-là, leur disait-il, une femme du monde. Donnez-lui des talents qui attirent sur elle l'admiration universelle; quant à l'autre, continuait-il, en parlant de Blanche, la pauvre fille, avec ce laid visage, elle devra se résigner à vivre loin de la société. Je lui crois peu de dispositions; essayez, cependant, de l'instruire; nous verrons. Et lorsqu'il quitta la chambre où les écolières et le maître étaient réunis, celui-ci haussa les épaules en considérant les deux petites filles et se dit :

— A coup sûr, si on réussit à faire une artiste de ces deux enfants, je sais bien qui le sera; et les yeux du maître se reposèrent longtemps avec une douce bienveillance sur l'expressif et mélancolique visage de Blanche.

Les prévisions du maître ne tardèrent pas à se réaliser : en naissant, Blanche avait apporté en son âme le germe des arts. Douée d'une exquise sensibilité, impressionnable et bonne, elle avait réellement un cœur d'artiste. Tous les nobles élans de son être l'entraînèrent vers l'art de la musique; toutes les cordes de sa nature tendre et mobile tressaillirent. quand sa

pensée d'enfant put former l'espoir qu'elle
pourrait un jour, dans son art, trouver l'oubli
peut-être du malheur qui la frappa si jeune
dans la mort des auteurs de ses jours. Elle
comprit que sa harpe allait devenir sa seule
amie dans ce bel hôtel, où elle devait rester
étrangère à toute affection.

Aussi ses progrès furent rapides; et les années se succédant, ne faisaient que la fortifier
dans son art chéri. A douze ans, Blanche excel-
lait sur la harpe; souvent son maître lui-même
était pénétré d'admiration en écoutant son
jeu pur et facile, empreint de toute la mélancolie de ses pensées; il regrettait qu'un si beau
talent dût vivre dans une obscurité profonde.
Il y a dans cette jeune fille, pensait-il, un immense avenir; il y a une brillante fortune dans
ce génie musical, et tout cela n'aura d'écho
que dans ces vastes salons. Car il n'avait pas
tardé à remarquer l'espèce d'indifférence et de
dédain que M. Dorival nourrissait pour une
nièce qu'il aurait dû chérir en raison de ses
qualités précieuses.

Quant à Rosine, elle avait apporté dans toutes ses leçons une nonchalance, une préoccu-
pation et un dégoût qui finirent par rebuter
tous ses maîtres. Son oncle ne se lassait pas
de lui dire qu'elle était jolie; son miroir, qu'elle
consultait à chaque minute, le lui assurait

aussi; dès lors, Rosine pensa qu'elle était dis-
pensée de s'astreindre à toute application d'esprit, pour acquérir des talents qui ne sauraient
la rendre plus intéressante, et si quelquefois,
fatigué de ses distractions continuelles, un de
ses professeurs s'avisait de la réprimander, lui
faisant observer qu'il lui était pénible de voir
que M. Dorival dépensait inutilement son argent, en payant des leçons dont l'écolière ne
tirait aucun fruit :

— Mon Dieu! répondait la folle jeune fille,
qu'ai-je besoin de me briser la tête par l'étude?
ne serai-je pas riche et belle, et cela ne com-
pose-t-il pas le bonheur d'une femme?

A peine âgée de treize ans, Rosine suivait
déjà son oncle dans le monde. Son esprit, porté
vers les choses futiles, s'était admirablement
formé à cette étude, qui enseigne à dire avec
grâce de ces riens, de ces nullités qui séduisent
un instant, mais dont le cœur et le bon sens ne
tardent point à faire justice, en condamnant à
un oubli honteux les personnes dont ils font
le principal mérite.

Rosine se posait dans la société en femme
de trente ans : elle parlait de tout, se mêlait
à toutes les conversations, interrompant chacun, quand la fantaisie lui en prenait, et cela
sans respect pour l'âge avancé, et sans égard
pour ceux qui émettaient une opinion contraire

à la sienne. Enfin, Rosine était odieuse à tous ceux qui pouvaient l'apprécier à sa juste valeur, à ceux qui, ne se laissant point entraîner par de faux semblants, recherchent les qualités de l'âme avant que d'accorder leur estime et leur amitié.

C'était toujours avec douleur que Blanche recevait l'ordre de paraître dans quelque réunion, où elle ne brillait que par sa touchante ingénuité et sa modestie. M. Dorival éprouvait une satisfaction intérieure chaque fois qu'il pouvait mettre en parallèle les deux sœurs, ne supposant pas que quelque timide et laide que fût Blanche, elle dût sortir triomphante de la comparaison qui s'établissait entre elle et Rosine.

III. — LES SONS DE LA HARPE. — ROSINE.

BIEN que Blanche, sortant de vivre sous le regard tendre et bienveillant d'un père, fût continuellement l'objet d'une prévention injuste, la pauvre fille n'avait pas tardé à vaincre la crainte que lui inspirait son oncle, et elle était parvenue à porter toutes ses jeunes affections sur un parent qui, jusqu'alors, lui avait été inconnu.

Blanche, ainsi que la nature l'avait formée, devait être susceptible d'éprouver une reconnaissance bien vive ; et les bienfaits qu'elle devait à son oncle, quelque sévère qu'il se fût montré envers elle, n'empêchèrent pas de faire naître en son cœur un respect et une tendresse qui approchaient d'une sainte vénération.

— Il finira par m'aimer un jour, autant qu'il aime Rosine, disait-elle tristement chaque fois que M. Dorival venait de la réprimander sur des actions dont bien souvent elle se reconnaissait innocente. Oui, quoique je ne sois pas jolie, et qu'il me dise que je suis méchante et dissimulée, je veux me rendre si patiente et si bonne, qu'il ne pourra s'empêcher, plus tard, de me donner une petite place dans son cœur; et la pauvre jeune fille, tout en larmes, tombait à genoux, joignait les mains, levait les yeux vers le ciel, implorant la pitié du céleste consolateur des douleurs humaines.

Blanche avait la foi : tous les devoirs de chrétienne, elle les accomplissait avec exactitude et ardeur. Mon Dieu, disait la pauvre enfant inspirée, mon Dieu, donnez-moi la force de résister à tant de mépris; faites taire en mon cœur tout sentiment d'amour-propre, afin que je n'éprouve aucune peine lorsque mon

2

oncle me fera sentir d'une manière cruelle que je lui suis à charge, qu'il ne m'aime pas, et que je suis horrible de laideur. Anéantissez en mon âme toute jalousie contre ma sœur, qu'il chérit uniquement; guidez-moi, Seigneur, dans mes moindres actions, afin qu'ayant réuni tous mes efforts pour me faire aimer de mon oncle et de ma sœur, sans pouvoir y réussir, je puisse ensuite me résigner à mon malheur. Vous me resterez, vous Seigneur, qui n'abandonnez jamais ceux qui vous aiment et vous implorent; vous, Seigneur, qui ouvrez votre sein à tous ceux qui pleurent.

Ainsi priait Blanche; en ces instants où une foi vive et profonde l'animait, ses yeux brillaient, ses lèvres souriaient, une espérance sainte la détachait des choses de la terre, pour l'élever vers Dieu; une auréole céleste semblait encadrer sa tête; l'enfant ainsi en prière était belle, était sublime; un peintre qui l'eût vue n'aurait pas voulu d'autre modèle pour nous représenter l'image de la résignation.

L'injuste prévention qui privait Blanche de l'affection de son oncle ne permettait pas à celui-ci de pouvoir apprécier le beau talent qu'elle s'était acquis dans la solitude. Trop léger d'ailleurs pour se préoccuper d'une idée sérieuse, M. Dorival n'avait jamais cherché à connaître d'une manière précise jusqu'à quel degré de perfection s'était élevé le talent de ses deux nièces dans l'étude de la harpe, instrument pour lequel il avait une préférence marquée.

Un jour que M. Dorival était sorti, que Rosine, dans sa chambre, s'occupait à passer en revue toutes ses robes et ses brillants colifichets, desquels elle attendait un accueil flatteur dans une soirée prochaine, Blanche, se voyant seule, prit sa harpe, qui tant de fois l'avait consolée dans son isolement.

La pauvre enfant, faisant résonner son instrument, exprimait sa tendresse au Seigneur. C'était encore une prière éloquente qu'elle adressait à Dieu; ses accords savants se modulant sur ses impressions du moment, devenaient tantôt tristes et plaintifs comme sa douleur, tantôt pleins et sonores comme l'énergique espoir qui s'emparait de son âme, aussitôt qu'elle caressait la pensée de pouvoir être aimée de ceux pour lesquels elle aurait fait volontiers le sacrifice de sa vie, si ce sacrifice eût été nécessaire pour assurer leur félicité.

M. Dorival, rentré inopinément chez lui, entend les sons de l'instrument, il s'arrête surpris et charmé, il écoute en silence et avec ravissement celle qui fait entendre d'aussi savants accords; il ne lui vient pas dans la pensée une seule fois que ce peut être une autre que Rosine qui exécute avec un si grand talent des difficultés qu'un maître habile pourrait à peine vaincre; jouissant par anticipation de la surprise et des acclamations de ses amis, lorsqu'il leur ferait entendre la jeune virtuose, déjà il désigne dans sa pensée le jour où il pourra jouir du triomphe que sa nièce préférée obtiendra... Mais tout-à-coup la musicienne fatiguée se tait, il n'entend plus rien; voulant ménager pour plus tard une surprise à Rosine, il se dirige sans bruit vers son cabinet pour n'en sortir qu'à l'heure du dîner.

— J'ignorais tout ce que tu valais, mon enfant, dit M. Dorival à Rosine, quand le repas les réunit tous les trois, et un sourire plein de malice errait sur ses lèvres.

— Que voulez-vous dire, mon oncle? dit la jeune fille étonnée.

— Tu ne m'avais pas dit le talent supérieur que tu possèdes en musique, continua-t-il.

— Comment savez-vous, mon oncle, reprit-elle; m'auriez-vous entendue?

— Oui, mon enfant, je t'ai écoutée, tu me rends bien fier, et je vais faire mes invitations; il faut que mes amis partagent mon admiration: arrange-toi pour exécuter un morceau en présence de cinquante personnes; eh! eh! ne va pas t'aviser de trembler ce jour-là, friponne.

Et Rosine baissa la tête, ne comprenant pas

comment son oncle pouvait la louer. Hélas!
elle savait à peine jouer la plus simple sonate.

Et Blanche, saisissant aussitôt la vérité,
tressaillit de crainte; pouvait-elle envisager
sans effroi le nouveau sentiment qui naîtrait
dans le cœur de son oncle, à la découverte
réelle du talent supérieur qu'elle possédait; en
un mot, lorsqu'il saurait que c'était elle et non
Rosine, qui avait fait entendre les sons qui
l'avaient charmé. M. Dorival lui avait marqué
tant d'éloignement qu'il était bien permis à la
pauvre enfant de supposer que loin de l'encou-
rager et de l'applaudir, il n'éprouverait, en présence de ses nombreux amis conviés pour entendre Rosine, qu'un affreux dépit de s'être
ainsi abusé, et le dépit ne pouvait-il pas retomber sur elle, et lui fermer à jamais le cœur
de son oncle?

C'était le samedi suivant que M. Dorival avait
fixé pour la réunion de tous ses amis; c'était le
samedi suivant que Rosine élégamment parée
devait faire briller dans tout son éclat un talent qui le rendait si fier et si glorieux; à cet
effet, il crut devoir engager le maître de musique de ses nièces à se rendre à cette soirée.
Vous soutiendrez de votre présence, lui dit-il,
la timidité de ma nièce; et le maître promit,
en se disant : Quoi! serait-ce de Rosine qu'il
veut parler? Et dès lors une pensée bonne et

généreuse surgit dans son cœur; il espéra ven-
ger l'humble et vertueuse Blanche de la cruelle
indifférence de son onc'e.

A mesure que ce jour redouté approchait,
Rosine, pleine de confiance en elle-même, et se
reposant d'ailleurs sur les vaines adulations
que ne manquerait pas de lui prodiguer son
oncle, Rosine s'occupait de sa parure, qu'elle
cherchait à rendre ravissante. Je ferai un effet
merveilleux, pensait l'orgueilleuse, en essayant
un béret d'une couleur qui s'harmoniait parfaitement à celle de son teint; oui, je serai belle
ainsi vêtue, et l'on ne pourra s'empêcher de
m'admirer; cent fois Rosine essaie ces belles
robes, ces bijoux magnifiques qu'elle doit plus
à l'ostentation qu'à la véritable tendresse de
son oncle, et choisit enfin tout ce qu'elle croit
devoir lui donner de grâces et d'attraits.

Dans la salle des leçons, elle a pourtant sou-
piré, la pauvre ignorante, en songeant à sa
médiocrité sur la harpe : Quelle étrange fantaisie a-t-il pris à mon oncle l'exiger que je
jouasse en présence d'une nombreuse société?
pensa-t-elle; puis elle jette un regard d'envie
sur Blanche, qui sait tirer de sa harpe des sons
purs et ravissants. Peut-être déplore-t-elle en
cet instant sa paresse et son inaptitude. Mais
cette pensée, toutefois, ce regret, n'ont que la
durée de l'éclair, ils se sont évanouis aussitôt

que ses regards se sont sans doute reposés sur
le visage triste et pâle de Blanche, sur sa toilette sans art, qu'elle choisit de préférence, et
qui la rendent si inférieure à elle; et alors le
courage lui revient, elle entrevoit sans trembler le moment décisif pour elle, elle rougit
même d'avoir pu craindre un instant que les
amis de son oncle ne soient point émerveillés
de son mérite.

Blanche aurait bien voulu pouvoir se dis-
penser de rester au salon ce soir-là, et ce fut
en tremblant que la généreuse enfant demanda
à son oncle la permission de demeurer dans sa
chambre.

— Quel est donc ce nouveau caprice? avait-
il répondu; je vous ordonne, Mademoiselle, de
vous tenir dans le salon; tâchez ce soir-là de
n'être point silencieuse et aussi maussade que
de coutume, et de faire bon accueil à ceux que
j'invite! Voulez-vous, Mademoiselle, qu'on soit
forcé de me plaindre? Voulez-vous qu'on dise
qu'une seule de mes nièces est digne de moi, et
que l'autre n'a pas su profiter de l'éducation
que j'ai voulu lui donner? faites qu'on ignore à
jamais que vous êtes une sotte et une ingrate.

Et en achevant ces mots, M. Dorival sortit de
la chambre, ferma la porte avec violence, tandis que Blanche tout en larmes s'écria:

— Mon Dieu! mon Dieu! que votre sainte

volonté s'accomplisse : puisqu'il m'est ordonné
par mon oncle de rester, eh bien ! je subirai ma
destinée ! Et ses pleurs coulèrent avec plus de
violence.

— Prenez courage, bon espoir, mon enfant !
tant de résignation et de vertu ne resteront pas
longtemps sans récompense; votre père si vertueux, du haut du ciel où il est monté, veille
sur sa noble fille Blanche; il priera le Seigneur
de toucher pour vous le cœur de votre oncle.
C'était Marie, la pauvre servante, qui apparaissait toujours à Blanche alors qu'un nouveau
chagrin froissait son âme, et qui, cette fois
encore, avait entendu les paroles cruelles de
M. Dorival.

— Oh ! que tu es bonne, toi, Marie, s'écria
Blanche en se jetant dans ses bras. Puis, avec
une touchante expansion de cœur, elle lui fit
part de sa douleur et de ses justes craintes
touchant le concert qui devait avoir lieu le soir
même.

Mais la bonne Marie, au lieu de s'affliger avec
sa jeune maîtresse, s'écria toute transportée
de joie :

— Mon enfant, vous allez être heureuse,
enfin, l'ignorance de votre sœur...

— Oh ! tais-toi, Marie, interrompit vivement
la prévoyante Blanche, en posant sa petite main
sur la bouche de sa servante. Voilà ce qui me

désole; ne crois pas que je veuille me faire aimer en établissant mon bonheur au détriment de Rosine; oh! non, vois-tu, je ne voudrais pas à ce prix de la tendresse de mon oncle! Oh! plutôt passer ma vie entière dans les larmes. l'aime Rosine, quoiqu'elle repousse constamment mes caresses et mon amitié; je l'aime de toutes les forces de mon âme.

— Vous avez tort de vous affliger, Blanche; j'ai le pressentiment que nous allons être tous heureux; ne pleurez plus, mon enfant, et tâchez de faire aussi un peu de toilette; votre oncle aime l'éclat, vous êtes toujours si simplement vêtue; cela le contrarie peut-être. A ces mots, la servante sortit en disant :

— Seigneur, achevez votre ouvrage; jetez encore un regard de compassion et d'amour sur un de vos anges bénis.

17. — LE CONCERT. — UN AMI. — L'ÉVANOUISSEMENT.

SEPT heures venaient de sonner. Le salon de M. Dorival était illuminé, la harpe de Rosine, ornée de rubans, était majestueusement posée

devant un pupitre élégant, chargé de cahiers
de musique.

M. Dorival oubliait ce soir-là la goutte dont
il avait ressenti les funestes atteintes, oubliait
son âge avancé pour se livrer tout entier à l'espérance et à la joie qui inondaient son âme. Il
bénissait à cette heure sa générosité, qui lui
avait fait accueillir une nièce qui s'était identi-
fiée avec tous ses sentiments et ses goûts; une
nièce enfin qui, plus tard, selon lui, ne pouvait
manquer de former une alliance avec un personnage titré, un prince, que sais-je?

Son imagination, exaltée ce soir-là, lui faisait
envisager comme possibles, réelles, les espérances les plus chimériques et les plus mensongères. Et cette alliance, poursuivait-il dans son
rêve, fera rejaillir sur moi, son oncle, une
gloire, un honneur à rendre jaloux tous ceux
qui déjà envient ma fortune. Et l'homme riche
jetait un regard satisfait sur le luxe qui l'entourait, sur l'instrument surtout froid et muet, et
qui allait dans peu d'instants s'animer sous les
doigts savants de Rosine.

— Me trouvez-vous bien ainsi, mon oncle?
prononça tout-à-coup celle qui faisait naître en
son esprit tant de séduisantes pensées. Et Rosine, en minaudant, s'approche de son oncle,
qui reste en extase devant l'éclat et le goût de
sa parure.

— Tu es belle, mon enfant, dit-il en déposant un baiser sur le front de Rosine.

Blanche entrait aussi en ce moment dans le salon; la jeune artiste, humble et timide, malgré les avis de Marie, n'avait point dévié ce soir-là de son habitude et de son goût pour la simplicité. Ses longs cheveux noirs, partagés, retombaient en luisants bandeaux sur son front intelligent; une robe de mousseline blanche, sans ornement, dessinait sa taille souple et gracieuse; un collier de perles entourait son col. Elle était presque jolie, la douce Blanche, et cependant ses yeux, rouges et gonflés, trahissaient les secrètes impressions qui l'agitaient; à coup sûr ses larmes avaient coulé.

M. Dorival l'examina longtemps en silence, et Rosine s'écria :

— Mon Dieu! comme la voilà habillée, ma pauvre sœur! Pourquoi n'avoir pas fait poser une guirlande sur ta tête? Pourquoi avoir choisi une robe blanche, qui ne sert qu'à faire ressortir la couleur brune de ton teint? En vérité, Blanche, on dirait que tu te plais dans ta laideur.

Et les yeux de Blanche s'arrêtèrent suppliants sur Rosine : la pauvre enfant appréhendait que les remarques de sa sœur ne lui attirassent le courroux de son oncle; par bonheur plusieurs invités arrivèrent en ce moment.

La physionomie de l'homme du monde, de
refrognée et grondeuse qu'elle allait devenir,
prit soudain l'expression bienveillante et polie
de l'homme riche qui fait les honneurs de sa
maison. Blanche, après avoir salué toutes les
personnes qui entraient, chercha un coin bien
obscur du salon, qui pût la dérober, autant
que possible, aux regards de tous. Là en ob-
servation, la sage jeune fille réfléchissait à to
ce qui venait frapper son imagination.

Jamais elle n'avait vu Rosine si rieuse et si
expansive. Elle est heureuse! pensa Blanche;
la vie lui est douce et légère, elle est soutenue,
encouragée dans chaque pas qu'elle y fait par
le tendre regard de mon oncle. Oh! mon Dieu!
que puis-je donc faire pour obtenir aussi l'affection du seul parent qui nous reste? Elle est
bien heureuse, et moi je souffre! Ah! c'est que
personne ne m'aime... mais je suis ingrate,
pensa-t-elle, car en cet instant elle songeait à
l'amour si dévoué, si pur de sa bonne Marie;
des pleurs allaient s'échapper de ses yeux,
lorsqu'elle vit son professeur de musique debout devant elle.

Les regards de cet homme bon et humain
s'étaient empreints d'une tendre bienveillance:
c'est qu'il devinait sans doute combien la pauvre enfant se trouvait isolée au milieu de ce
cercle nombreux.

—Pourquoi, lui dit-il, restez-vous ainsi seule
dans l'ombre, et ne partagez-vous pas aussi la
gaieté générale? Blanche, craignez de vous
abandonner trop à une mélancolie qui finirait
par détruire en vous les nobles facultés que
vous tenez de Dieu.

C'était la première fois qu'une voix amie lui
avait révélé un mérite que son esprit rejetait
loin de son cœur découragé.

— Enfant! continua-t-il avec bonté, la vie
apporte avec elle une égale somme de bien et
de mal; une circonstance légère suffit quelquefois pour changer une position désespérée
en une autre, brillante et heureuse. Courage et
espoir, jeune fille...

Et Blanche osa presser la main de son noble
et bon maître.

— Nous aurons, à ce qu'il paraît, un concert
ce soir, dit une dame en s'approchant de la
harpe; c'est Rosine qui va nous procurer le
plaisir de la musique : nous ignorions qu'elle
possédât ce talent; elle l'a poussé sans doute
au plus haut degré. Et la dame souriait à
M. Dorival, à la fortune et aux fêtes duquel
s'adressait ce compliment flatteur.

Rosine se voit alors assaillie de prières; on
l'engage à prendre place près de la harpe; Rosine s'assied, le professeur se tient debout à
ses côtés. M. Dorival est placé non loin d'elle,

3

le silence le plus profond règne dans l'assemblée, et témoigne de l'attention qu'on va porter aux accords que la jeune musicienne va faire entendre.

Blanche est au supplice.

— Allons, Mademoiselle, commencez, dit le maître en ouvrant un cahier.

Rosine prélude, et se trompe bien souvent; puis prenant plus d'assurance, et tout entière à l'effet qu'elle doit produire par sa pose gracieuse, elle jette à peine les yeux sur le cahier ouvert : des tons faux et discordants arrivés aux oreilles des auditeurs, leur arrachent quelques légers murmures; on s'interroge du regard, on se demande si c'est une plaisanterie, une mystification; on sourit malicieusement en regardant l'oncle, dont on connaît l'étrange faiblesse pour sa nièce; mais le visage de M. Dorival révèle les sentiments qui l'agitent; il semble éprouver un vif regret de s'être exposé à une critique publique, lui dont le seul but, la seule pensée de sa vie entière fut de l'emporter sur tous.

Rosine, heureuse et souriante, continue, sa sonate paraît interminable; on parle haut, on n'écoute plus; la jeune musicienne semble être totalement oubliée. M. Dorival la regarde, ses yeux s'attachent exclusivement sur elle, il n'oserait en ce moment les diriger sur ses amis

tant il craint de saisir un signe d'indifférence,
d'improbation, de dédain; il en aurait un dépit
mortel. En ce moment il est vraiment bien malheureux, bien digne de pitié, cet homme; sa
vanité, son orgueil blessé lui représentent cette
affreuse ignorance de Rosine comme un mépris
éternel attiré sur lui, une honte qu'il ne pourra
plus effacer : il est déshonoré! Rosine cesse
enfin de se faire entendre, aucun applaudisse-
ment ne lui est adressé : un silence humiliant
que personne n'ose rompre, succède au bruit
étourdissant qu'elle vient de produire en agi-
tant les cordes de sa harpe.

— Ah! s'écrie M. Dorival avec amertume, en
se tournant vers le professeur de ses nièces :
Voilà donc le résultat de sept années de leçons?

— Monsieur, répond le maître, l'enseigne-
ment devient une tâche bien difficile, quand il
est prodigué à un élève qui ne veut rien apprendre.

— Comment! interrompit M. Dorival, de
plus en plus pénétré de son humiliation, qu'o-
sez-vous dire là? Vous semblez accuser ma
nièce, une enfant qui vous apportait les plus
grandes dispositions; mais c'est inouï cela,
Monsieur, il vous sied bien de parler de la sorte!... Vous êtes inexcusable.

— Monsieur, reprit avec calme et dignité
l'ami sincère de Blanche, Monsieur, les prévi-

sions d'une aveugle tendresse sont bien souvent
en défaut. Il y a sept années de cela, vous m'a-
vez dit en me montrant deux petites filles : En
voici une, c'était mademoiselle Rosine, qui saura
profiter de vos leçons; quant à l'autre, elle ne
fera jamais rien ; c'était mademoiselle Blanche
que vous me désigniez... N'est-ce point ainsi,
Monsieur, que vous vous êtes exprimé à cette
époque? Vous en souvenez-vous?

— Oui, Monsieur, c'était mon opinion: eh
bien! que voulez-vous dire? répondit M. Dorival, embarrassé, honteux, haletant...

— Je veux dire, continua l'impassible maître de Blanche, qu'il est arrivé tout le contraire
de ce que vous aviez supposé.

Toute la société écoutait ce débat avec autant d'intérêt que de curiosité.

— Mais enfin? dit le malheureux oncle.

— Oui, Monsieur, il est arrivé que mademoiselle Rosine a complètement négligé de s'instruire, tandis que sa sœur a su vaincre, par sa
persévérance à l'étude, tout ce qui rebute ordi-
nairement les élèves. Mais vous n'avez pas
craint, Monsieur, de m'accuser en présence de
tant de témoins, en me rendant responsable du
désappointement que vous éprouvez ce soir;
eh bien! je veux à mon tour que la société ici
réunie soit juge elle-même de notre différend,
en entendant mon autre écolière.

En achevant ces mots, le professeur va vers Blanche, qui, pâle et tremblante, s'était cachée dans l'embrasure d'une croisée.

— Venez, Mademoiselle, dit-il, venez; si tant de fois mes soins excitèrent une pieuse reconnaissance au fond de votre cœur, eh bien ! j'en réclame ce soir un éclatant témoignage, en obtenant de vous que vous jouiez un morceau.

Mais Blanche reste immobile, la pauvre jeune fille n'ose obéir; elle attend le consentement de son oncle, ce sont tous les invités qui la supplient de s'approcher de l'instrument; et croyant devoir enfin céder à tant d'instances, elle prend la place que venait d'occuper Rosine.

— Courage ! murmura à l'oreille de la pauvre Blanche le maître, en feuilletant les cahiers pour chercher une partition dans laquelle excelle son élève. Il craint à chaque instant de la voir éclater en sanglots, tant elle paraît oppressée, souffrante; courage, du haut du ciel Dieu et votre père veillent sur vous. Et ces mots magiques : *Dieu et votre père*, viennent rendre la force à ses esprits, à son cœur l'espérance.

Elle prélude : l'enfant, l'artiste n'est plus là en présence de son oncle, de son professeur, de tout ce monde qui va la juger : Blanche est au milieu d'une myriade d'anges et de séraphins qui lui sourient et l'encouragent; toutes les

choses de la terre ont disparu, par la magie de
l'art qu'elle aime; elle se croit transportée su-
bitement dans le ciel. Saisie d'une puissante
inspiration, d'un saint enthousiasme, elle dé-
daigne le morceau ouvert devant elle : alors
l'artiste n'obéit plus qu'aux nobles élans de son
cœur, toute son âme semble s'être réfugiée
dans ses doigts, les cordes de sa harpe vibrent
avec une mélodieuse tristesse; elles semblent
révéler à tous, en une douce et pieuse harmonie, le malheur de la pauvre orpheline que
nulle tendresse humaine ne soutient dans ce
monde.

Un cri de surprise est près d'échapper à tous ceux
qui l'écoutent : chacun admire un talent si rare,
une modestie si touchante, et cette jeune fille,
que son oncle avait représentée comme laide
et insignifiante, devient bientôt pour tous une
véritable sainte Cécile : volontiers on se serait
excusé de l'avoir mal jugée; on aurait imploré
son pardon.

Blanche a fini, mais on voudrait l'entendre
encore; Rosine n'est plus là : la jalouse sœur a
fui, courbée sous le poids de sa honte et de son
dépit.

M. Dorival ne sait trop quelle contenance il
doit garder; mais le maître semble jouir de la
surprise des auditeurs, du talent de son élève
chérie. Blanche a fini : alors de bruyants ap-

plaudissements retentissent de toutes parts;
les dames accourent auprès de Blanche pour
l'embrasser, pour la féliciter.

Hélas! la pauvre enfant, succombant à tant
d'émotions, ferme les yeux, et tombe évanouie
dans les bras des nouveaux amis que son art et
sa vertu viennent de lui acquérir.

V. — UN MALADE. — LA RUINE.

— Où suis-je? j'ai dormi longtemps, n'est-ce
pas, ma bonne Marie? pourquoi suis-je couchée?
pourquoi veilles-tu à mon chevet, et pourquoi
enfin ces larmes dans tes yeux? qu'est-il arrivé?

— Calmez-vous, Mademoiselle; mon Dieu!
n'allez pas encore retomber dans l'état d'où
vous voilà heureusement sortie, répondit l'ex-
cellente Marie à Blanche qui, depuis deux jours,
avait donné des craintes sérieuses pour sa vie.

— Mais je me souviens maintenant, reprit la
jeune fille après un instant de silence: oui, je
me souviens, j'étais environnée d'une société
nombreuse, je jouais de la harpe: mon oncle...

Rosine... Et puis tout-à-coup ma vue s'est troublée, je suis tombée...

— Oui, malheureuse enfant, vous vous êtes évanouie, et l'on vous a portée sur votre lit, et je ne vous ai point quittée depuis; j'ai bien pleuré, bien souffert, allez!

— Toi seule as pleuré, n'est-ce pas, Marie? personne autre que toi n'a veillé près de moi? reprit en soupirant la jeune malade.

— Vous vous trompez, Blanche; votre oncle demande bien souvent de vos nouvelles, et votre sœur elle-même vous a prodigué de tendres soins; je vous avais bien dit, mon enfant, que vous seriez un jour appréciée comme vous méritez de l'être. Mais ne parlez plus, je vous en prie; le médecin a recommandé le repos et le calme.

— Est-il vrai! je serais aimée? Merci, mon Dieu, dit vivement Blanche en joignant les mains, et les yeux levés vers le ciel. La pieuse enfant garda le silence; mais longtemps son âme s'entretint avec le Seigneur. Marie avait dit vrai, en quelque sorte, touchant l'intérêt récent que prenait M. Dorival à Blanche; cet homme plein de vanité et d'orgueil, sans la honte qu'il avait éprouvée, en rendant presque publique l'ignorance de Rosine, aurait peut-être joui du triomphe éclatant que Blanche

avait obtenu ; surpris, charmé par la délicieuse
musique qu'il avait entendue, il comprenait
combien peu il avait été bienveillant pour la
sœur de Rosine, qui méritait tant d'affection.
Son premier mouvement le porta vers elle,
lorsque succombant à tant d'émotions, la pauvre Blanche tomba sans mouvement.

— Ma pauvre nièce, ma chère enfant, disait-
il, elle est si sensible, si bonne! Et pendant
qu'on la transportait dans sa chambre : J'ai
voulu vous ménager une surprise, dit-il à tous
ses amis rassemblés autour de lui : auriez-vous
supposé que cette jeune fille, si timide, possédât un talent si rare? non jamais, n'est-il pas
vrai? Eh bien ! vous l'avez entendue, c'est une
jeune fille qui me fera honneur; elle a un talent sublime. Puis, continuant son rôle, et
pressant la main du bon professeur : Et vous
aussi, Monsieur, sans le savoir, vous êtes entré
dans mes desseins secrets; vous avez pris
pour réels les reproches que je vous faisais
pour augmenter l'étonnement de toute la com-
pagnie ; je savais bien que vous aviez fait une
virtuose de l'une de mes nièces. Ah! ah! je
serais bien content, bien satisfait sans la fatale
catastrophe qui termine la soirée!...

Et les amis ne comprenaient pas trop le
sens de toutes les paroles du maitre de la
maison: mais le professeur se disait tout bas :

— Puisse ce cœur dur et orgueilleux s'attendrir enfin pour la vertueuse Blanche !

Tout le monde se retira, en témoignant le plus vif intérêt sur la santé de la jeune musicienne, en se promettant bien de venir l'entendre encore.

Resté seul, M. Dorival réfléchit aux événements de cette soirée ; Rosine ne tarda pas d'accourir vers lui.

— C'était donc Blanche que j'avais entendue, et non toi, lui disait-il, mon enfant? que ne le disais-tu, tu aurais évité à ton oncle des humiliations ce soir.

— Mais, mon oncle, dit naïvement la jeune fille, ne m'aviez-vous pas fait entendre souvent qu'on pardonne tout à une belle enfant?

— Sans doute, mon enfant, la beauté est un des grands avantages de la femme ; mais.... mais avoue que nous étions tous deux fort ridicules ce soir. Enfin, grâce à mon esprit adroit et subtil, j'ai pu tout concilier, je m'en suis tiré avec honneur; qu'il ne soit plus question de cela; va, tu n'en seras pas moins, et toujours, la nièce bien-aimée de mon cœur.

C'est ainsi que, par de coupables louanges, M. Dorival nourrissait chez sa nièce un orgueil excessif, et qu'il étouffait peut-être en son âme tout germe de sensibilité et de raison.

— Monsieur, dit en ce moment Marie éplorée, mademoiselle Blanche, à peine revenue de son évanouissement, a le délire, et je crains...

— Il faut courir chez notre docteur, qu'on ne ménage rien, je veux que Blanche soit sauvée. Et la bonne servante sortit pour remplir les ordres de son maitre.

— Mon enfant, témoigne désormais plus d'affection que par le passé à ta sœur; le monde est un juge sévère, il finirait par nous condamner, si Blanche venait à succomber; nous l'avons maltraitée jusqu'à ce jour, je veux qu'elle nous accompagne partout : elle ne pourra que nous faire honneur.

Et tous deux alors s'acheminèrent vers la chambre de Blanche.

La pauvre enfant était toujours sans mouvement sur son lit. Rosine prit une de ses mains, essaya de s'en faire entendre en lui adressant les plus tendres paroles; mais c'était en vain, Blanche était toujours pâle et immobile.

Ce ne fut qu'à l'arrivée du médecin qu'on reprit quelque espérance. Attribuant l'état de Blanche à une sensibilité nerveuse trop fortement excitée par une émotion violente, le savant docteur n'y vit aucun danger. Ménagez-la, dit-il, c'est une âme bonne et tendre qui pourrait se briser tout-à-fait à la moindre émotion. Et deux jours après, ainsi que nous l'avons vu

au commencement de ce chapitre, Blanche
sortit de sa longue torpeur. L'enfant s'éveilla
à une vie nouvelle et heureuse; Marie ne ve-
nait-elle pas de lui donner l'assurance qu'elle
était aimée ?

Depuis cette époque la position de Blanche
fut changée : Rosine lui témoigna une tendresse
inaccoutumée, et M. Dorival lui-même ne se
lassait pas de louer, d'exalter son talent; il en
aurait fallu moins encore pour effacer complètement de ce cœur reconnaissant toutes les
souffrances du passé.

Nous voilà revenus au commencement de
cette histoire. C'était quelques jours après ce
bal où, malgré les instances de Rosine pour y
entraîner Blanche, celle-ci avait trouvé préfé-
ble de consacrer l'argent destiné à sa toilette à
un pauvre vieillard malade, qui habitait une
mansarde dans l'hôtel de M. Dorival.

La santé de Blanche s'améliora chaque jour,
bientôt de fraîches couleurs vinrent effacer
cette pâleur qui s'était répandue sur son visage;
Blanche enfin, au sortir de cette longue et
douloureuse maladie, semblait moins laide; et
M. Dorival, cette fois enfin, en contemplation
devant la jeune convalescente, ne croyait avoir
plus rien à désirer pour compléter la félicité
dont il jouissait.

Les réunions, les fêtes recommencèrent, au

grand déplaisir de la modeste Blanche, qui se trouvait maintenant obligée d'y figurer au premier rang.

Pauvres humains que nous sommes! c'est alors que nous croyons à un bonheur parfait, c'est quand autour de nous tout rayonne et resplendit, et que notre étroite intelligence embrasse un long avenir que l'espoir sait nous tracer en couleurs séduisantes; eh bien! c'est alors que par un de ces calculs d'en haut, par une volonté céleste, tout-à-coup nous sommes précipités du faîte de toutes nos grandeurs, de toutes nos espérances, dans un effrayant abîme de douleurs et d'angoisses. Hélas! dans ce que les misérables impies appellent le hasard, Dieu se plaît quelquefois à déjouer toutes les combinaisons des hommes : à l'orgueilleux, il envoie l'abaissement et l'humiliation; à l'humble de cœur, la gloire et les honneurs. Malheur à l'insensé qui brave la volonté suprême! Oh! malheur à celui qui n'amasse pas en son cœur des trésors de sagesse! ce sont les seuls qui ne nous sont point enlevés sur la terre, les seuls que nous emportons, alors que, dépouillés de tout, nous comparaissons en présence du souverain juge.

M. Dorival ne supposait pas qu'en quelques minutes sa position pouvait lui être enlevée. Depuis vingt-sept ans, attaché au gouvernement

par un emploi honorable et lucratif, il s'endor-
mait paisible au sein de son bonheur, sans
prévoir que la calomnie, cette arme qui frappe
dans l'ombre et dont les blessures sont incal-
culables, que la jalousie, qui ne dort jamais,
pourrait frapper d'un seul coup son existence.
Ah! si, plus prudent, moins vain, moins orgueilleux, au lieu du fastueux étalage de sa
richesse éphémère, M. Dorival eût cherché le
bonheur dans une vie simple et retirée; s'il eût
été le bienfaiteur des pauvres qui recoururent
souvent à lui, et qui souffrirent de ses cruels
dédains; si enfin des qualités solides lui eussent acquis des amis, il eût trouvé des cœurs
dévoués et des consolations au temps de l'adversité; il eût surtout trouvé des ressources
dans une sage économie.

Un jour que Blanche et Rosine, seules dans
le salon, attendaient leur oncle, resté dehors
plus longtemps que de coutume, tout-à-coup
il rentra : son visage est livide de pâleur, ses
traits altérés, ses vêtements sont dans le plus
grand désordre, et révèlent le trouble de ses
esprits.

— Laissez-moi, dit-il en repoussant ses nièces, qui, à sa vue, pressentant un malheur,
s'étaient involontairement rapprochées de
lui; laissez-moi, je suis un homme perdu,
ruiné.

— Que dites-vous, mon bon oncle? s'écria Blanche. Ah! revenez à vous, de grâce!

— Oui, je suis ruiné, vous dis-je, s'écria-t-il avec plus de force; de misérables imposteurs m'ont perdu; de faux rapports ont été faits sur mon compte; on m'accuse, et l'on ne veut pas écouter ma justification. Quelle honte! L'ignominie, la misère, je n'ai plus rien!... Et le malheureux versait des torrents de larmes. Ah! mon Dieu! dit-il en joignant les mains et les tordant de désespoir, mon Dieu! prenez ma vie, ne me laissez pas pauvre et méprisé sur cette terre; faites-moi mourir.

Ainsi cet homme, qui n'avait vécu jusque-là que pour le monde, cet homme qui n'avait jamais songé à Dieu, se trouve sans force et sans courage en face de l'adversité : et si le nom sacré de Dieu arrive sur ses lèvres, s'il l'invoque, s'il le prie, cette prière est une nouvelle offense. Faites-moi mourir, dit-il! et il ne lui vient point à la pensée qu'il ne doit pas se présenter au tribunal de Dieu avant d'avoir purifié son âme par la mortification et le repentir! le malheureux oublie l'éternité.

Ce fut surtout Rosine qui frémit en envisageant pour la première fois un long avenir de misères et de privations.

— Mon bon oncle, dit-elle, j'avais toujours pensé que ce bel hôtel vous appartenait; ce serait là une grande ressource, pourquoi vous affliger si fort?

— Mais tu es dans l'erreur, malheureuse enfant; cet hôtel n'est point ma propriété; et ne pouvant plus désormais en payer la location, il faudra fuir. Je n'ai rien, plus rien, te dis-je. Plus de fêtes, plus de toilette, ma pauvre Rosine! ô mon Dieu! que je souffre!

— Mais mon oncle, vous avez des amis, reprit la jeune fille: ils viendront tous à votre secours.

— Des amis! dit M. Dorival avec un sourire empreint d'amertume; des amis! en reste-t-il à celui qui n'a rien? Rosine, nous sommes bien malheureux! Et ses larmes recommencèrent à couler.

Mais Blanche est restée silencieuse et pensive devant un si grand malheur. Soudain une joie pure et céleste anime le regard qu'elle porte sur son oncle, sur sa sœur; c'est qu'à l'instant vient de surgir dans son esprit une pensée noble et généreuse, sous laquelle elle se sent grandir; elle se croit capable d'entreprendre l'impossible.

— Ah! mon oncle, ne vous affligez pas, dit l'enfant tout émue; nous pouvons être heureux encore.

— Insensée! le bonheur, je ne puis plus le connaître, répondit M. Dorival; quel espoir voudrais-tu me donner?

— Mon oncle, je travaillerai. Vous avez semé : n'est-il pas de toute justice que vous recueilliez?

— Oui, dit-il, tu me donneras du pain.

Blanche garda le silence, tandis que Rosine, découragée, tomba dans les bras de son oncle, pour confondre sa douleur stérile avec la sienne; et la pauvre Blanche, après leur avoir donné encore un regard, sortit précipitamment du salon.

VI. — MISÈRE. — DÉNOUEMENT DE BLANCHE.

QUELQUES jours après la fatale nouvelle qui détruisait entièrement sa fortune, M. Dorival quitta son brillant et fastueux hôtel pour un petit appartement situé dans l'un des faubourgs de Paris. Avec quel déchirement de cœur il dut assister à la vente publique de son riche mobilier, dont le prix devait composer ses seules et dernières ressources.

La somme de vingt mille francs qu'il rapporta chez lui, somme qui pourrait procurer un modeste avenir à tant de familles pauvres, n'excitait en son âme aucune joie, n'y détruisait pas la crainte incessante de ne pouvoir vivre avec si peu.

— Vingt mille francs! s'écria-t-il en jetant avec désespoir sur un meuble cet argent; mille francs de rente! Hélas! voilà ce qui me reste! Rosine, ma pauvre Rosine, j'avais nourri, caressé tant d'espérances pour toi, mon enfant! qu'allons-nous devenir? Et Rosine, accablée, ne savait que répondre à son oncle pour le consoler, ne trouvant dans son cœur, pour son propre compte, aucune force, aucune résignation. — Ah! que je vais m'ennuyer dans ce vilain local! murmura-t-elle en versant des torrents de larmes.

Pour Blanche, elle agissait: faisant toute abnégation de ses propres douleurs, elle se multipliait pour ainsi dire, afin de se rendre utile ou agréable à son oncle, qui semblait repousser les témoignages d'une si vive tendresse.

— Il souffre, disait la pauvre résignée; voilà pourquoi il se montre si peu bienveillant pour moi. Mais, encore une fois, je saurai le forcer à m'aimer. Et ses yeux se portaient sur la harpe, avec un regard empreint de cet indicible amour qu'une bonne mère seule peut sentir en regardant son enfant.

De tous ses nombreux domestiques, il ne resta plus à M. Dorival que la fidèle Marie, dont

l'attachement profond pour ses jeunes maîtresses ne se démentit pas.

Marie, bien qu'affaiblie par l'âge, ne laissait
point refroidir son zèle. Souvent, en la voyant
vaquer çà et là dans la maison, disposer tout
de manière à effacer, s'il était possible, du cœur
de son maître tout regret pour son opulence
passée, souvent, dis-je, M. Dorival avait fait
cette sage réflexion :

« Je ne dois l'affection de cette précieuse
femme qu'à la mémoire de mon frère. Au sein
de sa misère profonde, ses qualités de cœur,
sa bonté, lui firent acquérir une véritable amie,
tandis qu'à moi, les richesses ne m'ont donné
que des envieux et des jaloux ! »

Mais à ces sages réflexions, appuyées d'une
cruelle expérience, qui lui avait démontré
d'une manière frappante la frivolité et le néant
des choses humaines, sur lesquelles il avait
trop compté, en succédaient bientôt d'autres
qui détruisaient aussitôt le fruit de la grande
leçon qu'il venait de recevoir. Il reconnaissait
ses erreurs passées, s'en accusait, et cependant
sa vanité l'emportait toujours sur ses autres
sentiments, lui faisait envisager l'état où il était
tombé comme le comble de l'avilissement et du
déshonneur.

S'il sortait maintenant, c'était à pied qu'il
devait faire sa route, et s'il venait quelquefois

à rencontrer un bel équipage dans lequel se
trouvaient ses prétendus amis, alors il éprouvait un désespoir profond, et cherchait à se
soustraire à leurs regards.

Dans les longues soirées d'hiver, qu'il passait au coin du feu entre Blanche et Rosine,
l'ennui le saisissait; sa tête retombait alourdie
sur sa poitrine, et il appelait le sommeil, qui
l'arrachait pour quelques instants à ses dou-
loureux souvenirs.

Rosine, hélas! ainsi que son oncle, s'aban-
donnait au plus sombre chagrin; ses mains
inoccupées laissaient à son esprit le loisir de
se livrer à mille chimériques pensées; ses jour-
nées se passaient dans les lamentations et les
gémissements.

Blanche, l'humble Blanche seule était demeu-
rée ferme dans le malheur; c'est qu'elle avait
trouvé dans son âme le courage et l'énergie
que donnent le courage et la piété.

Blanche avait marqué toutes les heures de la
journée par une occupation nouvelle : le soir
c'était la lecture des livres de piété, l'après-
dîner les ouvrages d'aiguille, dans lesquels elle
s'était rendue habile, abrégeaient le temps;
et le matin, de sept heures à midi, la jeune fille
partait, et nul ne connaissait l'emploi de ces
longues heures passées hors de la maison. Rosine en avait un jour fait la remarque à la vieille
servante, et Marie avait aussitôt répondu :

— J'ignore comme vous où va Blanche; mais votre sœur est un ange, et toutes ses actions doivent être vertueuses.

En cet instant Blanche rentra; sur son front, mouillé de sueur, siégeait la plus douce sérénité; ses yeux étaient brillants; et sur ses lèvres errait un tendre et mystérieux sourire.

— Ma bonne Marie, dit-elle, ne ménage plus rien; tâche que mon oncle retrouve toutes ses chères habitudes auxquelles il a dû renoncer; dépense en quelques jours, s'il est nécessaire, la moitié de notre mince revenu. Le temps n'est pas éloigné, j'en ai la précieuse certitude, où il pourra se croire revenu au plus haut point de sa prospérité.

— Que dites-vous-là, Blanche? dit la servante étonnée de ce qu'elle entendait; qui peut vous faire tenir ce langage? — C'est mon secret, reprit la jeune fille en souriant; dans peu, ma bonne Marie, tu auras le mot de cette énigme. Mais jusque-là je te conjure de ne point m'interroger. — Ainsi sera-t-il fait, répliqua la servante.

Blanche était l'ange de paix pour cette maison, dans laquelle, sans son aimable caractère, aurait régné le découragement le plus affreux.

— Comment se fait-il, lui dit Rosine un jour, que tu sembles plus joyeuse, moins triste enfin, depuis que nos richesses nous sont enlevées?

Autrefois, toute soucieuse, ton front ne s'é-
claircissait qu'alors que tu jouais de la harpe ;
à cette heure, ton instrument reste là, muet,
silencieux. Est-ce que tu n'aimerais plus la musique, Blanche? — Il est vrai, Rosine, que je
ne fus jamais plus heureuse que depuis que
nous habitons ce modeste appartement. C'est
qu'à présent, vois-tu, je comprends que ma vie
ne se passera pas sans être utile; j'ai toujours
pensé (et c'est une vérité) que Dieu, en nous
plaçant sur la terre, nous a imposé la loi de
subvenir au moins à notre propre subsistance,
si nous ne sommes pas dans le cas de songer à
celle d'autrui, de ceux qui nous aiment et que
nous aimons. Rester dans l'oisiveté, sans que
le bonheur de quelqu'un nous occupe constamment, ce n'est point remplir en ce monde notre
obligation, c'est ne point tenir à la terre par
les douces affections du cœur; c'est languir.
Pénétrée de cette pensée, juge de ce que je
devais souffrir lorsque j'étais à la charge de
mon oncle! J'aspirais chaque jour à payer la
dette que j'avais contractée envers lui. N'est-
ce pas lui qui prit soin de mon enfance, de la
tienne, Rosine? que serions-nous devenues,
pauvres orphelines que nous sommes, sans sa
compatissante tendresse? Voilà d'abord une
des causes qui me font paraître moins triste à
tes yeux. Quant à ma harpe, si je n'y touche

pas à cette heure, c'est que des occupations
plus utiles pour la maison réclament tout mon
temps : il faut savoir se priver d'un plaisir en
faveur d'un devoir. Mais tu serais dans une
grande erreur, Rosine, si tu pensais qu'elle me
fùt devenue indifférente. Oh! non, jamais, vois-
tu! ma harpe est la source de mon bonheur;
ma harpe, semblable à celle de David, pourra
produire quelque bien; elle doit marquer dans
mon existence; elle m'inspire, me charme, tout
en me faisant accomplir une tâche sacrée, tout
en me traçant une mission sainte. Mais ce que
je te dis, ma sœur, te semble peut-être étrange,
exalté, puisé dans une imagination poétique.
Eh bien! non, tu verras, tu verras; et de douces larmes humectaient la paupière de Blanche.

— Tu es en effet bien singulière, ma pauvre
Blanche, dit Rosine avec un sourire dédai-
gneux. Puis, se tournant vers une petite glace,
seul ornement de la cheminée de leur chambre, la jeune insensée s'occupait encore de toilette, laissait librement s'exhaler les regrets de
ne plus posséder ses brillants colifichets, sans
lesquels la vie lui devenait insipide et insup-
portable.

Un an tout entier venait de s'écouler depuis
la ruine de M. Dorival, et aucun de ceux qui
l'adulaient dans sa prospérité n'avait cherché à
se rapprocher de lui. Cette indifférence, si

commune cependant, lorsque c'est l'orgueil et
l'intérêt qui sont la base d'une liaison, éton-
nait pourtant autant qu'elle affligeait M. Dorival. « Les misérables! disait-il souvent, alors
qu'il souffrait plus vivement de sa solitude, les
misérables! ils n'aimaient donc en moi que le
plaisir que mon or leur procurait! »

Un seul espoir restait à cet homme, un seul,
et c'était sur la beauté de Rosine qu'il le fon-
dait. « Elle est vraiment belle, pensait-il; il est
impossible que tôt ou tard elle ne soit pas re-
marquée : un riche mariage l'attend. Ah! si un
jour je parvenais à reconquérir quelque fortune, quelque considération, combien il me
serait doux, à mon tour, d'humilier ceux qui
m'ont oublié au temps le plus affreux de ma
vie! »

Et Blanche n'était comptée pour rien dans
ses projets d'avenir, dans ses secrètes espérances, malgré tous les soins de cette excel-
lente fille pour adoucir l'infortune de son oncle. Malgré sa résignation angélique et tous
les témoignages d'amour qu'elle ne cessait de
lui prodiguer, le vieillard s'obstinait à la repousser de son cœur M. Dorival était malheureusement un de ces hommes dont l'esprit vain
et étroit ne sait apprécier dans une femme
qu'un extérieur séduisant, comptant pour peu
de chose les qualités précieuses de l'âme.

Blanche, avec tous ses avantages, son talent sublime, n'était, selon lui, qu'une pauvre fille qui devait renoncer à tout établissement.

Blanche ne s'inquiétait nullement de ce qui l'avait désespérée dans un autre temps. Cette préférence accordée à sa sœur, et qui se trahissait sans cesse dans ces mille riens qui n'échappent point à des intéressés, ne l'affligeait plus; la jeune fille, tout entière à ses graves occupations, à la mission qu'elle accomplissait journellement, se trouvait heureuse dans sa position actuelle.

Un soir que l'heure du dîner venait de sonner et que Blanche n'était point rentrée, M. Dorival s'aperçut pour la première fois de son absence.

— Quoi! dehors tous les jours! dit-il avec colère à Rosine, qui l'avait instruit des fréquentes sorties de sa sœur; et où va-t-elle? que fait-elle?

— Ah! je l'ignore, mon oncle; Blanche a des secrets.

— Elle a des secrets? continua-t-il, je la forcerai bien à me les communiquer, l'ingrate! Et son front se plissa, la colère anima ses yeux.

Blanche arriva en ce moment; elle avait entendu les derniers mots de son oncle. Emue, elle le considérait avec tendresse; elle tenait quelque chose, que sans doute elle voulait ca-

cher, sous son manteau. L'aimable enfant n'o-
sait parler. Son cœur semblait vouloir se briser, tant il battait avec violence! dans ses yeux,
il y avait des larmes.

— Mon bon oncle, grâce, pardon, dit-elle
enfin, en se jetant aux pieds de M. Dorival,

Marie était accourue aux accents de Blanche.
Rosine se taisait. M. Dorival était agité d'un
tremblement nerveux; Blanche éclata en sanglots.

— Ecoutez, mon oncle, je vous en conjure.
Ah! ne me repoussez pas! Et la jeune artiste
déposait sur les genoux de son oncle un sac
renfermant mille francs....

— De l'argent! s'écria-t-il.

— Mille francs, et pareille somme tous les
mois, mon oncle.

— Qu'entends-je ?

— Votre bienfaisance devait être récompen-
sée. Vous recueillez, mon oncle, le bien que
vous avez semé.

— Et cet argent est le prix?...

— Des leçons de harpe que je donne en
ville chaque jour. Je suis professeur, mon oncle, dit Blanche avec une noble dignité; Dieu
a permis que tous vos soins pour moi ne fussent pas perdus.

III. — LE PROFESSEUR. — LE RICHE MARIAGE. — CONCLUSION

Aussitôt qu'elle eut connaissance du malheur de son oncle, il s'éveilla dans le cœur de Blanche une sublime espérance. Que de fois, alors qu'une injustice de M. Dorival ou de sa sœur venait lui rappeler sa dépendance et le triste avenir qui lui était réservé, que de fois la pensée de pouvoir se soustraire un jour à tant de tyrannie et d'indifférence, vint se mêler à tous les rêves amers de la jeune fille! « Heureuse par mon art chéri, s'écriait-elle, heureuse par la prière et le travail ! heureuse en pratiquant les arts et la vertu! » Et soudain son visage rayonnait à travers les larmes dont il était inondé; mais si son oncle alors venait à attacher sur elle un regard moins sévère, si Rosine lui adressait une parole moins dure, la pauvre enfant ne songeait plus qu'à mériter par sa soumission et sa patience une tendresse dont son âme aimante éprouvait l'immense besoin.

Mais en voyant la douleur de son oncle, et les regrets cuisants qu'il donnait à la perte de ses richesses, Blanche pensa qu'il était de son devoir de travailler : et sans perdre le temps

dans de vaines consolations, elle sortit du salon où gémissaient M. Dorival et Rosine.
Blanche entra dans sa chambre, réfléchit un
instant à ce qu'elle devait faire ; puis prenant
son châle et son chapeau, la jeune fille, toute
tremblante, pour la première fois de sa vie
sortit seule de l'hôtel.

Elle marcha longtemps au hasard, n'osant
lever les yeux, craignant de s'égarer dans des
rues qu'elle n'avait jamais parcourues qu'en
voiture, craignant de demander la route qui
devait la conduire à son but.

Enfin elle parvint à vaincre sa frayeur, sa
timidité disparut, elle osa s'informer de ce
qu'il lui importait tant de savoir. Un vieillard
auquel elle s'adressa lui indiqua d'une manière
si positive l'endroit où elle devait aller, qu'en
peu de minutes Blanche montait l'escalier d'une
maison de belle apparence dans le faubourg
Saint-Germain.

En voyant entrer Blanche à six heures du
soir, seule, pâle et agitée, l'homme vers lequel
s'avança la jeune fille l'accueillit avec un cri
de surprise et de tendre crainte.

— Ah! c'est bien vous, mon enfant; mon
Dieu, que vous est-il arrivé? Asseyez-vous. Et
le bon professeur, car c'était lui, s'était hâté
d'avancer un fauteuil sur lequel tomba Blanche. Votre oncle vous repousse, n'est-il pas

vrai? Et un sentiment tout paternel anima les
traits de l'homme généreux; calmez-vous.

— Oh! je n'ai point à me plaindre des pro-
cédés de mon oncle, articula enfin la pauvre
enfant; et si je suis venue chez vous, Monsieur, pour réclamer un service, c'est que je
suis certaine que vous daignez me porter un
bienveillant intérêt.

— Un service! ah! parlez, mon enfant, il
n'est rien que je ne sois disposé à faire pour
vous être utile ou agréable.

Blanche appuya ses lèvres sur la main du bon
vieillard.

— Me croyez-vous assez de talent, Monsieur,
continua Blanche, pour exercer mon art, et
trouver ainsi des moyens d'existence?

— Vous pouvez, mon enfant, acquérir une
fortune; puis avec l'enthousiasme de l'artiste,
il continua : Blanche, l'auréole du génie musical resplendit sur votre front, votre âme renfer-
me en elle des trésors d'harmonie, dont la puissance doit vous élever un piédestal au milieu
de cette foule d'artistes qui peuplent la capitale.
Mon enfant, votre richesse c'est votre sublime
talent, c'est votre harpe, c'est vous : vous allez
vivre enfin, Blanche, de cette vie du génie.
Que le monde va vous sembler étroit, petit!
Allez donc, marchez, mon enfant; ne vous em-
barrassez pas des misères de ce monde, laissez

dire et faire les jaloux, les envieux que vou.
allez vous créer; vivez pour votre art, Blanche
C'est beau, le génie, voyez-vous : on le tient
de Dieu; il est juste de le lui reporter, d'en être
fière; la piété, la musique, ne peuvent mar-
cher l'une sans l'autre, c'est dans une âme pénétrée des choses de Dieu et du ciel que le
génie se fait jour. Blanche, je ne suis qu'un
faible vieillard qui s'approche de la tombe, je
dois renoncer aux jouissances de l'art : eh bien!
mon enfant, votre gloire me réjouira au déclin
de mes jours. N'êtes-vous pas mon élève? Vos
triomphes seront encore les miens, et c'est à
moi de vous ouvrir la carrière : je me charge
de vous faire connaître.

A mesure que le professeur s'était laissé aller
à l'enthousiasme qui est habituel à tous ceux
qui cultivent les arts, Blanche, qui recélait
dans son âme le feu sacré qui anime l'artiste,
Blanche adressa au professeur une question
dont la réponse devait avoir une si grande im-
portance dans sa destinée.

— Oh! merci, s'écria-t-elle, lorsque son vieil
ami eut cessé de parler, merci, mon digne maître; soyez à jamais béni, pour le bonheur que
vous me faites éprouver, en me donnant la
conscience de ce que je puis faire. Hélas! mon
oncle est ruiné, il a perdu son emploi, il ne
peut à l'avenir compter que sur mon talent pour

exister, et je veux travailler; ne dois-je pas acquitter toutes les dettes que mon cœur a contractées? C'est pourquoi...

— Bien, mon enfant, interrompit vivement le professeur, rendre le bien pour le mal; bien, Blanche, je n'attendais pas moins d'une âme vraiment chrétienne. Et sans plus tarder, mon enfant, dès demain je veux que les journaux parlent de votre talent; vous êtes une noble jeune fille. Demain vous m'accompagnerez chez les personnes qui m'honorent de leur confiance et de leur estime. Je vous le répète, je suis vieux, le repos m'est nécessaire, vous me remplacerez, Blanche, dans les leçons que je suis obligé de donner chaque jour : je suis riche, j'exercerai l'art par goût plutôt que par nécessité; je vous abandonne tous mes écoliers, et ils sont nombreux.

Blanche voulut se jeter aux pieds de l'homme généreux qui comprenait son âme, qui lui livrait enfin une riche moisson, avant qu'elle eût pris la peine de la faire naître; mais le professeur lui témoigna toute l'affection d'un père.

Depuis ce jour, tout marcha au gré de la jeune artiste; son talent, ses qualités, que le bon maître exaltait partout, lui firent de vrais amis sur la protection desquels elle pouvait désormais compter; la jeune harpiste fut bientôt connue de toute la capitale, et si M. Dori-

val eût lu les journaux, Blanche ne se serait
point vue forcée de trahir elle-même le secret
de son dévouement.

Pauvre M. Dorival! il ne pouvait croire à ce
qu'il voyait; le sac de mille francs resta longtemps sur ses genoux, il le contemplait avec
ravissement.

— Chère Blanche! disait-il avec un profond
remords de sa cruelle indifférence.

Et Marie la vieille servante, et Rosine elle-
même, témoins de cette scène, joignaient leur
étonnement au sien.

— Blanche, s'écria Marie tout en larmes, si
votre noble père vivait encore, il vous bénirait
en ce moment.

— Il me bénit du haut du ciel, ma bonne
Marie, dit Blanche tout émue à ce souvenir;
oui, c'est mon père qui a prié le Seigneur pour
la félicité de son enfant.

Peu de temps après, Blanche loua un appartement qui rappelait à son oncle celui qu'il occupait jadis.

— Ah! mon enfant, s'écria M. Dorival tout
ému, lorsqu'il quitta son humble domicile pour
s'installer dans la demeure qu'il devait à sa
nièce, tu te venges bien noblement de tout ce
que tu as dû souffrir sous ma cruelle domina-
tion!

— Etiez-vous indifférent, s'écria à son tour

la jeune artiste, lorsque vous semiez l'or à pleines mains pour mon éducation! Vous vous jugez trop sévèrement, mon bon oncle.

Bientôt, à la nouvelle du changement de position de M. Dorival, quelques-unes de ses anciennes connaissances revinrent le visiter.

L'homme du monde, corrigé à demi par la leçon qu'il avait subie, les reçut sans morgue et sans prétention.

— Vous me trouvez plus heureux, leur dit-il, ma fortune semble revenir par la merveilleuse baguette d'une fée : cette fée, eh bien! c'est ma bonne Blanche, c'est à son talent supérieur sur la harpe que je dois le bonheur dont je jouis.

Témoin chaque jour de ce qui se passait, de tout ce qu'elle entendait, elle était bien malheureuse, la pauvre Rosine! Oh! combien alors elle regrettait les heures qu'elle avait perdues en s'occupant de choses inutiles et frivoles! Ah! si j'eusse, ainsi que Blanche, pensait-elle, cherché à acquérir un talent quelconque, aujourd'hui j'aurais ma part de louanges, elle ne serait pas seule à consoler mon oncle. Et elle versait des larmes amères dans le silence.

Deux années s'étaient écoulées depuis tous ces événements, et alors M. Dorival, grâce au

talent de Blanche, était dans une position à
peu près semblable à celle qu'il avait per-
due.

Un jour que les deux sœurs étaient occupées
à un ouvrage de tapisserie, et que Rosine, do-
cile aux conseils de l'habile et vertueuse Blanche, travaillait avec activité : Tu le vois, disait
la jeune artiste avec un de ses plus doux sou-
rires, ces fleurs se colorent merveilleusement
sous tes doigts, tu vas bientôt terminer à toi
seule l'ameublement de la chambre de notre
oncle : ainsi que moi, tu auras concouru au
bien-être de la maison. Mais Rosine, à ces douces paroles de sa sœur, secoua la tête en
signe de doute, et fidèle aux leçons de Blanche,
elle redoubla de zèle et d'attention; elle commençait à comprendre, l'infortunée jeune fille,
que le travail allége les inquiétudes et les regrets! Pendant que cela se passait dans un coin
du salon, M. Dorival, près de la cheminée, lisait attentivement un article du journal des
jeunes personnes; il y était parlé avec enthousiasme des vertus et du talent de la jeune artiste. De temps en temps M. Dorival levait les
yeux sur ses nièces, et les envelloppait d'un regard caressant.

— L'une est belle, pensait-il; l'autre est un
ange : que me manque-t-il pour compléter mon
bonheur?

Quelques jours encore et Blanche devint l'épouse d'un jeune homme riche et vertueux : Rosine n'avait pour soutien que sa sœur. M. Dorival mourut en répétant : La vertu est le premier bien.

FIN DE BLANCHE ET ROSINE.

L'ÉCOLIER STUDIEUX.

Avant d'être venu à Paris, au lycée Charlemagne, où j'ai fait mes dernières classes, j'étais resté deux ans à celui de Versailles. Là, un beau jour, descendant dans la cour où mes camarades se livraient à leurs joyeux ébats, j'entendis un des plus pétulants d'entre eux s'adresser à un autre qui ne valait guère mieux et lui crier :

—— Dis-moi, Georges, as-tu vu le nouveau qui arrive d'Auvergne ?

— Non vraiment, répondit Georges, je n'ai pas pu trouver un prétexte raisonnable pour entrer chez le proviseur au moment où il causait avec ce ramoneur-là !

— Oh ! mais sais-tu, dit le premier interlocuteur, qui se nommait Eugène, qu'il doit avoir une drôle de mine... un Auvergnat !

Déjà un groupe s'était formé, et chacun de-

5

mandait des renseignements sur l'écolier nou-
vellement débarqué.

— Je suis sûr qu'il a des cheveux qui lui
tombent au milieu du dos, dit Georges.

— Et qu'il a de gros sabots, reprit un écolier
de quatrième.

— Eh bien ! c'est au mieux, dit un élève de
rhétorique, nous lui ferons danser la bourrée
d'Auvergne.

— Je sais quelque chose de mieux que la
bourrée, s'écria Eugène ; c'est, au moment où
l'homme des montagnes d'Auvergne arrivera,
de lui faire courir la poste une demi-douzaine
de fois dans la grande cour ; cela le dégourdira
et commencera à lui faire connaître le lycée.

— Chers amis, dit un de nos camarades, du
département des Basses-Pyrénées (qui, mon-
tagnard lui-même, voulait qu'on respectât les
montagnards), ne vous y fiez pas : il est du
pays haut, il doit avoir le poignet fort.

Ce propos fut accueilli avec des éclats de
rire, mais cependant il fit son effet, et l'on se
promit de tâter le nouveau avant d'en venir
aux grosses farces.

A peine avait-on pris cette prudente résolu-
tion, que le nouvel élève entra dans la cour. Il
sortait d'une petite pension de Riom, et s'appelait Etienne Combadour. Il se promena
quelques instants. Il avait l'air timide, portait

mal son habit d'uniforme, et mettait son chapeau comme le met un invalide ; ses cheveux
ne lui tombaient pas au milieu du dos, mais
ils étaient un peu longs; il est vrai qu'on entrait dans l'hiver.

Tout bien examiné, Etienne semblait un
peu gauche, un peu lourd, mais non pas complètement ridicule.

On tenta une première épreuve : on envoya
auprès d'Etienne un petit bonhomme, qui, sur
le conseil de Georges, lui demanda s'il était
vrai que dans son pays les hommes marchas-
sent à quatre pattes.

Etienne répondit tranquillement :

— Va dire à ceux qui t'envoient que les gens
de mon pays marchent précisément comme
on marche à Versailles ; mais que quand des
étrangers viennent chez eux, ils ne leur donnent pas la bien-venue par une sotte imperti-
nence.

Un rhétoricien qui se trouvait là prit fait et
cause pour le bambin. Il lâcha quelques gros
mots et finit par saisir les deux mains du nouveau venu : mais celui-ci, levant les épaules,
se dégagea avec si peu d'efforts, qu'on se rap-
pela l'avis prudent de l'écolier basque, et
qu'on eut quelque respect pour les poings
d'un homme qui se débarrassait si facilement

de l'étreinte d'un *des plus forts* rhétoriciens
du collége.

Vers la fin de la récréation, le censeur parut
dans la cour. Quelques élèves s'approchèrent
de lui et demandèrent dans quelle classe il pla-
cerait le ramoneur d'Auvergne qui venait de
leur arriver. Le censeur réprima cette saillie
et répondit à un de ses élèves favoris que
sans doute il le ferait descendre de deux
classes, car il devait y avoir au moins cette
distance entre les études d'une petite pension
de Riom et celles des lycées de la capitale et
de Versailles.

— Monsieur, lui répondit un élève, celui
précisément qui avait fait l'épreuve de la force
d'Etienne, Monsieur, vous pourrez bien le
faire descendre de trois classes, car il a l'air
ataud comme un ours de ses montagnes.

La foule des mirmidons répéta :

— Ah! oui, pataud! pataud!

— Assez, assez, dit le censeur; et il appela
Etienne, qui, sur sa demande, lui déclara qu'il
avait quinze ans passés, qu'il venait de finir
sa seconde à Riom, et se préparait à la rhétorique.

— Beau rhétoricien! murmurèrent à demi-
voix les élèves qui entendirent sa réponse; il
faut le mettre en cinquième, et il sera l'avant-
dernier!

Le censeur jugea un peu moins défavorablement de l'Auvergnat, et lui dit que les classes à Versailles étant très fortes, il fallait qu'il s'essayât d'abord en quatrième.

La cloche sonna et l'on se rendit à l'étude. Etienne, la tête basse, s'achemina vers le quartier de quatrième : il s'agissait pour les élèves de cette classe d'apprendre quelques vers d'Ovide et de faire un thème que les forts avaient jugé très difficile. Le maître d'études donna à Etienne le cahier d'un écolier qui venait d'être obligé de monter à l'infirmerie, lui dit de copier le texte français et lui indiqua aussi la leçon à apprendre.

En quelques minutes, le nouveau venu eut copié, puis il prit dans sa poche un Pindare grec et se mit à le lire attentivement.

— Voyez donc ce palaud! disaient entre eux ses voisins, il fait comme s'il lisait du grec.

— Eh! laissez donc, c'est qu'il apprend ses lettres, dit un autre ; il ne sait encore que la moitié de l'alphabet...

Etienne ne les entendait pas ou feignait de ne pas les entendre : cependant, un quart d'heure avant la fin de l'étude, quand il reçut la feuille destinée à lui servir de copie, il s'occupa sérieusement à traduire en latin le texte qu'il avait copié, et remit au maître d'études,

longtemps avant que la cloche sonnât, son devoir fort bien écrit. Nouvelle preuve qu'il
était un sot, remarqua un petit bel-esprit, car
il n'y a que les imbéciles qui sachent bien
écrire.

— Bon! bon! disaient les espiègles qui
l'entouraient, il a broché son devoir et il n'a
pas regardé sa leçon. Le professeur, qui vou-
dra voir ce qu'il sait, va lui donner une jolie
note!

On arrive à la classe. M. L....., qui profes-
sait la quatrième, reçoit un mot d'écrit que
lui remet Etienne. Le censeur annonçait qu'à
l'avenir cet élève ferait partie de sa classe.
Le professeur lui fait signe de se placer à la
table d'honneur. C'était une politesse qu'il ne
manquait jamais d'accorder à celui qui arrivait
pendant le cours de l'année; mais cet encou-
ragement avait rarement de l'effet. Aussi, les
camarades de classe d'Etienne se disaient-ils
entre eux:

— Allons! qu'il jouisse de la table d'honneur
pour cette fois, le ramoneur, le pataud! il n'y
reviendra pas.

Le professeur fit réciter les leçons.

Il interrompit Eugène qui ânonnait, et dit à
Etienne de continuer.

Etienne ne se fit pas répéter l'ordre; il com-
mença à débiter les vers avec un accent qui

faisait pouffer de rire ses condisciples, mais de manière à montrer qu'il connaissait parfaitement les lois de la prosodie latine et la quantité des mots; puis, comme la leçon était extraite de la métamorphose de Philémon et Baucis, qu'il savait par cœur, il outrepassa le nombre de vers indiqués; le professeur le laissa continuer pendant quelques minutes, au grand étonnement de toute la classe, qui ne faisait plus attention à son accent, et se disait :

— Comment donc, ce pataud a de la mémoire et il scande bien les vers !

Après que la leçon eut été récitée, M. L... fit quelques remarques sur la flexibilité du génie d'Ovide, esprit heureux, sachant prendre tous les tons; il voulut aussi comparer au latin l'élégante paraphrase de La Fontaine; malheureusement il n'avait pas le livre.

— Nul de vous, demanda-t-il, ne sait ce morceau de La Fontaine, sans doute ?

— Pardon, Monsieur, reprit Etienne, je puis suppléer au livre qui vous manque.

— Ah ! ah ! vraiment; eh bien ! récitez depuis le premier vers.

Etienne, avec une diction parfaite, sans emphase et sans monotonie, déclama les trente premiers vers dont avait besoin le professeur.

Tous les élèves chuchotaient, et quelques-uns seulement parlaient encore de l'accent

ramoneur. Quant à M. L.....:, il commençait à
regarder Etienne entre les deux yeux : c'est
ce qu'il faisait toujours lorsqu'il reconnaissait
dans un sujet plus de capacité ou de savoir
qu'il n'en avait supposé à la première vue.

Enfin, il en vint au thême; selon son usage
invariable, il fit lire les deux premiers de la
composition précédente, puis les deux derniers, car il suivait la méthode du professeur
de flûte de l'antiquité, qui voulait que dans
son école on entendît tour à tour un habile
exécutant et un flûteur malhabile, disant de
l'un : « Voilà comme il faut jouer, » et de
l'autre : « Voilà comme il ne faut pas jouer. »

Il vint ensuite à Etienne.

— Lisez, lui dit-il, et depuis le commencement.

Etienne prit le cahier et fit à haute voix sur
le texte français une traduction fort élégante.
Une ou deux fois le professeur l'interrompit
pour lui donner une louange, et lorsque
Etienne reprit sa phrase, M. L..... crut s'aper-
cevoir qu'il y avait quelque différence; il
chercha la copie pour s'en assurer, et remarqua avec un vif étonnement que cette copie
contenait un autre devoir bien préférable à
celui qui venait d'exciter ses éloges; il demanda le cahier d'Etienne, et reconnut que la
première traduction était improvisée... La

copie et l'improvisation annonçaient un élève supérieur de beaucoup à la quatrième.

— Monsieur, dit-il à l'Auvergnat, vous ne pouvez rester avec moi ; je vais vous envoyer au professeur de troisième, je suis certain que votre place est beaucoup plus haut, mais ce n'est pas à moi d'en juger. Les élèves ouvraient de grands yeux et se disaient entre eux, pour se consoler de leur méprise :

— Au fait, il a quinze ans, et il ne sera pas trop jeune pour un troisième.

Etienne resta quatre jours en troisième ; ensuite, on *le chassa* de nouveau de cette classe, et pour ne pas faire encore d'infructueux essais, on l'envoya à la rhétorique : là, il se trouva le plus jeune, mais les connaissances qu'il avait déjà acquises, sa brillante facilité, son travail opiniâtre, le firent atteindre aux premières places.

Alors, on ne cherchait plus à le tourner en ridicule ; on le respectait, et plus d'un de ces beaux rhétoriciens qui l'avaient accueilli avec le sourire du mépris, portait envie à sa supériorité, à ses succès non interrompus. Etienne sut bientôt se faire des amis de tous ses envieux, car il joignait, à d'heureuses qualités de l'esprit, un bon caractère et un cœur aimant.

Il a fait depuis sa philosophie au lycée Impérial, aujourd'hui le collège Henri IV. Il a obtenu au concours général la plus glorieuse de toutes les couronnes classiques : ses études finies, il s'est voué à la carrière universitaire, sa place y était marquée d'avance. Il occupe aujourd'hui un poste brillant : c'est ce que ne prévoyaient guère Georges, Eugène et moi-même, quand nous vîmes arriver pour la première fois au lycée de Versailles le *ramoneur d'Auvergne !*

D'où je conclus qu'il ne faut juger ni des hommes ni des enfants sur l'apparence.

LA PROBITÉ RÉCOMPENSÉE.

Un étranger passant un soir devant une ferme isolée, demanda au paysan qu'il trouva sur la porte s'il était bien sur le chemin d'un petit village peu éloigné.

— Oui, Monsieur, répondit le brave homme, il faut aller tout droit ; mais comme il fait déjà nuit, et que vous avez à traverser un bois coupé de plusieurs routes, vous pourriez vous égarer. Je vais appeler un de mes enfants pour vous servir de guide.

Justin, le plus jeune de ses fils, parut au même instant sur la porte.

— Va, lui dit son père, et conduis Monsieur jusqu'au village qu'il te dira.

L'enfant partit, et au bout d'une demi-heure ils étaient arrivés. L'étranger voulut alors récompenser le petit garçon ; il ouvrit sa bourse et lui donna la première pièce qu'il y trouva. L'enfant refusa d'abord ; mais l'autre y mit tant d'insistance, qu'il finit par accepter.

Revenu à la ferme, il s'empressa de remettre la pièce à son père. Celui-ci, en la regardant, s'aperçut qu'elle était d'or, et valait vingt francs.

— Mon enfant, s'écria-t-il aussitôt, voilà un grand malheur. Ce Monsieur s'est trompé ; il croyait te donner vingt sous, et t'a donné vingt francs. Comment faire ! il ne repassera peut-être jamais par ici, et demain au lever du soleil il ne sera plus au village. Quel moyen de lui rendre cet argent qu'il regrettera sans doute, et dont il aura besoin pendant son voyage ? Quel moyen surtout d'empêcher qu'il ne pense mal de nous ?

— Il n'y a qu'un moyen, dit l'enfant : je vais courir tout de suite au village lui reporter sa pièce d'or.

Il partit, et retrouva l'étranger. Cet homme, qui effectivement n'avait cru donner qu'une pièce d'argent, fut charmé de tant de droiture, mais il ne voulut pas reprendre son or : et comme l'enfant refusait absolument de le garder, craignant que son père ne voulût pas croire qu'il l'avait reporté, ou le blâmât de l'avoir reçu, il lui donna en même temps ce billet ponr le fermier :

« Je vous prie de garder la pièce d'or comme un témoignage de ma reconnaissance et comme le prix de votre loyauté. Dieu vous bénisse, vous et vos enfants ! »

Le père consentit à reprendre la pièce; mais le dimanche suivant il se rendit au village pour la donner à un pauvre journalier chargé de famille, et dont la maison venait d'être brûlée.

WILLIAM.

CHARLES Ier, roi d'Angleterre, venait de mourir sur l'échafaud pour expier des crimes que lui prêtaient ses ennemis. Les seigneurs attachés à sa cause avaient fui leur patrie, cherchant dans les pays étrangers un refuge contre la mort ou les tortures d'une longue captivité.

Le duc d'Argyle, un des principaux seigneurs du royaume, un des conseillers intimes du roi, redoutait le sort funeste qui avait frappé le meilleur des princes, et songeait à passer en France, avec sa petite famille ; seulement sa sûreté exigeait qu'il partît le premier, pour ne pas éveiller l'attention de ses ennemis. La veille de son départ, le duc fit venir son vieux serviteur William, auquel il confiait ses enfants. Prenant dans ses mains les deux mains tremblantes du vieillard :

— William, lui dit-il, je vais partir : la proscription frappe ma tête ; déjà je devrais avoir abordé dans les ports de la France. Mais, hélas ! l'amour paternel m'a retenu, et aujourd'hui il me faut entourer mon départ de plus de mys-

tère encore. Je te laisse Henri et Elisabeth.
C'est un dépôt sacré, mon vieil ami; veille sur
eux comme sur tes enfants; et dans un mois ou
deux, lorsque je t'aurai appris où je suis, tu
viendras me rejoindre. Voilà cent guinées dans
cette bourse; elles suffiront à tes besoins et à
ceux de mes enfants jusqu'au jour du départ.
Adieu, mon ami, que Dieu veille sur toi et sur
le trésor que je confie à ta probité bien connue;
le temps me presse. Oh! avant de partir, que
je les embrasse encore une fois !

Il se dirigea alors dans une chambre obscure où les deux enfants étaient couchés ensem-
ble. Le duc n'habitait plus son magnifique
palais de Londres; il se cachait dans une
modeste maison du quartier le plus pauvre
de la grande cité. Wiliam portait un flambeau,
et éclairait ce touchant tableau.

Henri et Elisabeth, âgés de quatre et cinq
ans, dormaient entrelacés aux bras l'un de
l'autre; leurs visages roses souriaient : sans
doute quelque rêve doré balançait leur sommeil.

—Pauvres petits! s'écria le duc d'Argyle, que
Dieu, sous la garde duquel je vous place, vous
aime et vous protége; qu'il vous envoie tous
les bonheurs que vous devait votre père, et
dont il vous prive par son départ. Oh! mais
bientôt nous nous rejoindrons.

En disant ces dernières paroles sa voix tremblait, des larmes coulaient le long de ses joues,
un triste pressentiment l'agitait.

En ce moment minuit sonna à l'horloge d'une
église voisine. Le duc donna un dernir baiser à
ces deux chères créatures, et quitta la chambre
non sans jeter encore un regard à ce petit lit
qui contenait tout son bonheur, tous ses
souvenirs d'une épouse chérie morte peu de
temps auparavant. William jeta sur les épaules
de son maître un long manteau brun, un chapeau sans plumes fut enfoncé sur ses yeux, et
il quitta la maison, suivi de son fidèle serviteur. Mais, au détour d'une rue, au moment d'arriver au port où l'attendait une barque qui devait le transporter sur un vaisseau français
prêt à mettre à la voile, le duc se retourna, et
serrant William sur son cœur, il lui dit :

— Va, mon ami, retourne vers nos enfants,
et que Dieu t'assiste!

— Et vous aussi, mon noble maître! et
fasse le ciel que nous soyons bientôt réunis.

La séparation fut cruelle. William avait été
domestique du feu duc, et avait vu grandir celui
qui partait aujourd'hui. C'était presque son
enfant aussi. Longtemps il resta à la place où son
maître lui avait dit adieu, un éternel adieu
peut-être; longtemps il écouta, respirant à peine,
si quelque bruit ne l'avertissait pas d'un dan-

ger. Enfin il reprit le chemin de la maison,
et il passa la nuit à contempler les deux enfants
confiés à sa garde.

Le duc cependant était arrivé sur le port. Une
barque l'attendait. Une planche lancée sur le
rivage lui servit de pont pour arriver dans la
chaloupe et abandonner le sol anglais. La nuit
était sombre, les mariniers ramaient en silence
vers une masse noire qu'on voyait au loin.
Tout-à-coup la barque accosta le navire, et le
duc s'élança sur le pont à l'aide d'une échelle
de corde qui pendait à dessein. A peine avait-il
mis le pied sur le tillac du vaisseau que deux
soldats se précipitèrent sur lui et le lièrent soli-
dement; un officier se présenta et l'arrêta au
nom du protecteur.

— Mais ici c'est la France! s'écria le duc
d'Argyle.

— Ici c'est encore l'Angleterre, répliqua l'officier. Et de son épée qu'il tenait à la main il
montra au noble seigneur le pavillon anglais
qui flottait à la poupe du navire.

L'aube blanchissait à l'horizon; le duc put
comtempler toute l'étendue de son malheur : il
était prisonnier sur un vaisseau anglais. Le
lendemain il fut amené secrètement à la tour
de Londres, et plongé dans un de ses plus sombres cachots.

Cependant les deux enfants en s'éveillant demandèrent leur père, et William leur avait promis que bientôt ils le reverraient. La journée se passa triste et silencieuse. William pensait à son maître qu'il croyait déjà loin des côtes de l'Angleterre; les enfants, habitués à ses caresses, sentaient qu'il leur manquait quelque chose, et ne savaient à quoi attribuer l'inquiétude qu'ils éprouvaient. Le soir, dans leurs petites prières, ils demandèrent à Dieu le retour de leur père, et William pleurait en entendant ces voix fraîches implorer l'Etre-Suprême; il unissait ses vœux à ceux de ces chers enfants. Ainsi se passèrent les premiers jours. L'attente avait remplacé l'inquiétude dans l'esprit du vieux serviteur; les enfants, avec l'insouciance de leur âge, avaient repris leurs jeux, confiants dans la promesse de leur ami, qui devait bientôt les ramener vers leur père.

Deux mois s'écoulèrent, et ni lettres ni nouvelles n'étaient venues de France pour rassurer le vieux William. Chaque jour il allait sur le port interroger les matelots, et surtout ceux de France; mais aucun nouvel indice ne le satisfaisait complètement. Les enfants riaient, jouaient sur la dalle, tandis que William, les yeux pleins de larmes, regardait cette forêt de mâts s'élançant vers le ciel, puis il rentrait au logis plus triste, plus découragé que jamais. Depuis un an il attendait; les cent guinées tiraient à leur fin. Cependant les enfants ne s'apercevaient de rien; ils avaient toujours des habits dignes de leur condition, et le bon serviteur ne voulait pas qu'ils s'aperçussent que la fortuno les avait abandonnés. La chambre qu'ils occupaient était bien pauvre, mais elle respirait un air de propreté qui semblait annoncer quelque grandeur déchue. Pendant les repas des enfants, qu'il ne voulait pas partager avec eux, il se tenait derrière leur chaise une serviette à la main, attentif à tout ce qu'ils pouvaient désirer. Il s'était étudié à rendre son visage calme et heureux; mais c'est à grand'-peine qu'il retenait ses larmes lorsque Henri lui demandait :

— William, quand donc reverrons-nous notre père?

Alors, quand les sanglots l'étouffaient, il se laissait aller à sa douleur, et Elisabeth venait le caresser et pleurait avec lui, tout en lui disant :

— Ne pleure donc pas, William; tu sais bien que cela nous fait du chagrin.

Le temps s'écoulait rapide, et William n'espérait plus recevoir des nouvelles de son maître; toutes ses recherches étaient restées sans résultat. La bourse était épuisée, et la petite famille vivait des épargnes du vieux serviteur. Il avait placé dans des mains sûres cent livres sterling, ce qui fait à peu près deux mille cinq

cents francs de notre monnaie. Il alla les retirer, et pendant deux ans les trois malheureux
vécurent de cette modique ressource. Pendant
ce temps-là, William avait cherché à se procurer du travail; mais dans les manufactures
de Londres on lui avait répondu : Vous êtes
trop vieux, mon brave homme; il nous faut
des hommes plus forts, plus alertes que vous.
Dans les bureaux d'écriture, chez les hommes
de loi, il avait demandé des écritures à faire;
mais sa main tremblait, sa vue n'était pas sûre;
il fallut encore renoncer à cet espoir. Il se res-
souvint de son jeune temps, lorsque, dans la
ferme de son père, il s'esquivait le matin avec
le jour pour aller à la chasse dans les grands
bois du duc d'Argyle, dont son père était le fermier. Pendant la nuit il tressait des filets avec
lesquels il prenait si bien les lapins de la forêt
ou les oiseaux des champs; puis, il allait tendre
ses filets, et, caché derrière quelques buissons,
il imitait le chant de l'alouette, et les attirait
près de lui par cet appel trompeur. Heureux
temps que celui-là. Hélas! il lui fallait porter
ses regards en arrière, et se souvenir de cet
état de braconnier qu'il exerçait avec tant de
joie, pour faire servir à ses besoins d'aujour-
d'hui un des passe-temps de son enfance.

William résolut de faire des filets et tous les
ustensiles nécessaires à la chasse ou à la pêche;

et se rendant chez un marchand de ces divers objets, il en reçut une forte commande. Il revint tout joyeux à la maison, où l'attendaient les deux enfants. Elisabeth commençait des petits ouvrages de couture, dont une bonne voisine lui donnait des leçons; Henri s'étudiait à copier une tête encadrée dans une bordure de bois noirci, et y réussissait assez bien. William contempla quelques instants ce charmant tableau de ces deux enfants courbés sur leur travail, et des larmes lui vinrent aux yeux en pensant que les fils du duc d'Argyle devraient un jour demander leur pain à leur industrie... ces enfants nés dans l'opulence, et que des revers immérités avaient frappés presque au sortir du berceau. Cette idée cruelle lui donna du courage, et il se mit au travail. Grâce à son activité, le bien-être revint un peu dans la maison, les privations furent moins dures. William revint un jour avec un joli pourpoint de drap et un haut-de-chausses de velours noir qu'il avait commandés en secret pour son jeune maître. Elisabeth avait aussi un habillement complet. Aussi il fallait les voir, le dimanche suivant, lorsque, accompagnés de William, ils allaient à la messe à la paroisse du quartier, comme ils étaient jolis et avenants tous les deux! Les commères du quartier, assises sur leurs portes, les voyaient passer avec envie, et

cependant leur souriaient, tant leurs charman
tes figures respiraient la bonté et la douceur.
Après les offices, ils allaient passer le reste
de la journée dans quelques-uns de ces beaux
parcs qui avoisinent les palais de Londres, et
là, à l'ombre de ces grands arbres séculaires,
ils jouaient sans souci de l'avenir; et William,
lorsque la semaine avait été fructueuse, se
mêlait à leurs jeux, et souvent même sa gaîté
excitait celle des deux enfants.

Henri avait alors neuf ans, et sa sœur en
comptait huit. Le goût du petit garçon pour le
dessin s'était accru, et William, obéissant à
ses moindres désirs, l'avait fait entrer dans
une école où il fit de si rapides progrès, qu'en
moins d'un an le professeur le jugea capable
d'entrer dans son atelier, et de devenir son favori.

De son côté, Elisabeth était devenue si habile dans la broderie, que la voisine la faisait
travailler à ses propres ouvrages certaine qu'elle
était de les voir bien payés; puis, lorsque le
salaire avait été doublé, elle revenait avec
quelques-uns de ces petits cadeaux qui n'ont
de prix que par le plaisir qu'ils font à celui
à qui ils sont offerts.

Tantôt c'était une petite croix d'argent qu'Eli
sabeth suspendait à son cou; tantôt quelque
ustensile nécessaire à la couture ou à la bro-

derie. Ces petits présents enflammaient l'ardeur
de la jeune enfant, et ses progrès étaient rapides.

Pendant que les deux enfants et leur vieux
serviteur menaient ainsi une existence heureuse et calme, lord d'Argyle, enseveli dans
une prison obscure, sans ami qui s'intéressât à
lui, sans communication possible avec ses enfants, qui devaient le croire mort, appelait en
vain Dieu à son secours. Près de cinq ans s'é-
taient écoulés et il n'avait entendu que la voix
de son geôlier qui chaque jour lui disait de sa
voix dure : « Voilà de la nourriture pour deux
jours ; je reviendrai après-demain. » Puis il
s'éloignait malgré les supplications du duc,
qui voulait chercher à savoir ce qu'étaient de-
venus ses enfants. Du reste, le parlement semblait l'avoir oublié. Son procès avait été dressé,
mais on en était resté là, soit qu'il eût trouvé
parmi ses juges des amis qui avaient détourné
l'attention, soit que des intérêts plus graves
l'eussent fait oublier au fond de son cachot.
Mais le duc avait une de ces âmes de bronze
que le malheur ne saurait accabler, et l'espoir
renaissait toujours dans son cœur ; un pressentiment secret lui disait que bientôt ces lourdes
chaînes qui entouraient son corps tomberaient,
et qu'il reverrait ce ciel qu'il n'avait pas vu
depuis longtemps. Une voix, celle de son bon

age peut-être, murmurait à son oreille le nom
si doux de ses deux enfants, et alors il s'endor-
mait calme, heureux, bercé par cette douce illusion.

Pendant ce temps, un malheur effroyable était
près de fondre sur ses chers enfants. William
ne pouvait presque plus travailler; ses yeux
usés par la fatigue, à un âge surtout où l'on a
besoin de repos (William avait plus de soixante
et dix ans), ne purent supporter ce travail
continuel, minutieux.

En effet, ces petits filets à mailles fines pour
recevoir le gibier, ces nasses pour arrêter le
poisson, exigeaient de grands soins, et de-
mandaient des yeux exercés; la vue de William
devenait plus faible chaque jour. Cependant il
n'en voulait pas convenir avec Elisabeth; mais
lorsque, le soir venu, il avait gagné sa petite
chambre à côté de celle des enfants, c'est alors
que, face à face avec ses réflexions, il versait
d'abondantes larmes; puis il se jetait à genoux
et priait. Mon Dieu, disait-il, que deviendront
mes enfants sans moi! qui donc leur donnera le
nécessaire? Ces tourments augmentaient son
mal, sans remédier à cette terrible situation.

Mais un ange veillait sur eux. Elisabeth avait
obtenu du travail; grâce à ses supplications, la
brodeuse sa voisine, touchée de ses prières,
avait consenti à lui donner des broderies à faire

et à les lui payer. Alors, quand Henri était en-
dormi, lorsque William était renfermé dans sa
chambre, la pauvre enfant se levait à petit
bruit, allumait la lampe, et, assise auprès de
sa table à ouvrage, elle travaillait avec ardeur,
et souvent l'aube naissante la trouvait encore
brodant, les yeux rougis par la fatigue, la figure
pâle et abattue. Elisabeth était d'une complexion
délicate; de plus, elle n'avait que onze ans.

Une nuit, elle brodait de riches manchettes
pour un seigneur. Henri s'éveilla, et apercevant
de la lumière dans la pièce voisine, il se leva,
passa à la hâte un vêtement, et s'approcha de
la porte d'où la lumière lui avait apparu.

Alors il vit sa pauvre petite sœur, la tête
penchée sur sa poitrine, et luttant en vain contre le sommeil. Henri se précipita dans la
chambre, et se jeta aux genoux d'Elisabeth.

— Pauvre chère sœur, tu veux donc mourir,
lui dit-il, travaillant ainsi nuit et jour! et je ne
m'en suis point encore aperçu! Oh! William
avait bien raison de le dire : il y a quelque
chose là-dessous. Rien ne manque à la maison,
et je n'ai pas su deviner d'où venait la source
de ce bien-être. Oh! que Dieu me pardonne,
je suis bien coupable! Allons, ma sœur chérie,
va te reposer; ce n'est pas à toi à nourrir
ainsi toute une famille par ton travail; c'est
à ton frère. Bientôt je serai un homme; il faut

au moins que j'en aie le cœur et l'énergie. Tu ne travailleras plus, c'est à moi de vous nourrir tous, et de vous donner autant de bonheur que vous avez supporté pour moi de souffrance et de chagrins.

Le lendemain, Henri se rendait chez son maître de peinture et lui exposait sa position. Le professeur, qui s'intéressait à cette petite famille, lui conseilla vivement de quitter la peinture et de reprendre le crayon.

— Vous pourrez, lui dit-il, faire de petits dessins qui vous seront chèrement payés par les amateurs. Vous dessinez purement, vous pourrez donner des leçons.

— Mais, à mon âge, dit l'enfant, je ne puis inspirer aucune confiance, et le prix qu'on m'offrira de mes dessins ne suffira pas pour nourrir ma sœur et mon vieux William.

— Eh bien! moi, je me charge de les vendre. Travaillez, et soyez sûr que bientôt votre industrie vous aura acquis l'aisance et le bonheur.

Henri revint et se mit aussitôt à l'ouvrage. Son premier dessin fut ce touchant tableau qu'il avait vu la veille, lorsque Elisabeth, succombant à la fatigue, avait laissé tomber ses bras appesantis et s'était endormie. Il retraça l'intérieur de la modeste chambre, tout, jusqu'à ses premières esquisses pendues au mur enfumé. Le lendemain il portait ce dessin à son

6

maître, et bientôt il recevait deux guinées pour
le prix. Ce premier succès l'encouragea, et
ses dessins furent recherchés dans Londres.
Un célèbre graveur vint lui demander une série
de figures pour un grand ouvrage, et Henri
s'acquitta de cette tâche avec un talent remar-
quable.

William bénissait le ciel de ce bonheur ines-
péré, et ne pouvait croire que deux enfants
dans un âge si tendre fussent capables de tant
de courage et d'activité.

Un jour, Henri se promenait dans le parc
de Windsor, cherchant quelque sujet pour son
crayon. Un homme au front soucieux, à l'œil
sévère, à la barbe grisonnante, passa près de
lui. Il était vêtu d   pourpoint de buffle; une
épée à large coquille pendait à son côté, soutenue par un large baudrier de cuir; des bottes
cachaient ses jambes et ses genoux; un manteau brun descendait à longs plis de ses épaules,
et lui donnait un grand air de dignité, malgré
sa petite taille. Il s'arrêta, regardant sans voir,
enseveli dans quelque profonde réflexion. Henri
put contempler cette figure soucieuse, ce large
front pâli par les veilles, ces yeux brillant
d'un sombre feu. Le vieillard jeta sur lui un
long regard, et continua sa promenade silencieuse sans lui adresser la parole. C'était l'illus-
tre Cromwell, le Protecteur de l'Angleterre.

cet habile et profond politique, ce vaillant dé-
fenseur des libertés anglaises.

Henri ne le connaissait pas, et ne trouva
personne qui pût lui enseigner qui il était.
Quelques pas plus loin, deux gardes suivaient
le vieillard ; et lorsque Henri voulut savoir d'eux
le nom de ce sombre et mystérieux personnage,
l'un d'eux lui dit d'une voix dure :

— Passez votre chemin !

Cette apostrophe le punit de sa curiosité.

Rentré à la maison, Henri ne put chasser de
sa pensée le souvenir de cet homme ; sans
cesse cette tête revenait sous sa main. Il céda
à cette instinctive volonté, et bientôt il eut créé
le plus beau portrait qu'on ait fait de Cromwell. Le professeur de Henri vint le voir deux
jours après, et s'écria en apercevant ce beau
dessin :

— Henri, où donc avez vous copié cela? et
d'où vient que vous avez ici le portrait du Protecteur?

— Quoi? c'est Cromwell! reprit Henri, cet
homme du parc de Windsor?

— Ah! mon ami, ce portrait peut faire votre
fortune. Je l'emporte, et vous en aurez de bonnes nouvelles.

Henri raconta alors comment il avait subi
l'empire inexplicable de sa volonté en faisant ce
portrait de souvenir.

Un marchand offrit deux cents guinées du portrait, et Cromwell, à qui il fut présenté, voulut voir l'enfant merveilleux auteur de ce chef-d'œuvre.

Henri fut mandé au palais par un des huissiers de Cromwell. William tremblait, en rêvant des dangers imaginaires; Elisabeth au contraire augurait bien de cette présentation.

Cromwell reçut Henri avec une affabilité qui ne lui était pas ordinaire, et reconnut en lui le matinal promeneur du parc.

— Quel est votre nom, mon enfant? dit le Protecteur.

Je me nomme Henri d'Argyle.

— D'Argyle! reprit à demi-voix Cromwell. Seriez-vous parent du duc d'Argile, le conseiller, le confident du feu roi?

— Je suis son fils, monseigneur, reprit Henri, à qui ce souvenir arrachait des larmes.

— Et votre père, qu'est-il devenu?

— Hélas! monseigneur, depuis près de neuf ans nous n'avons reçu de lui aucune nouvelle. Il devait fuir en France et nous appeler près de lui; mais il est parti, et William n'a jamais plus entendu parler de lui.

— William! dit Cromwell; quel est cet homme?

— C'est un vieux serviteur de notre famille qui nous a élevés ma sœur et moi.

— Pauvres enfants! murmura le Protecteur. Allez, mon ami; courage et espérance en Dieu.

— Et mon père, monseigneur, savez-vous ce qu'il est devenu? reprit hardiment le jeune d'Argyle.

—·Non, mon enfant; mais bientôt vous connaîtrez son sort; j'aurai soin de m'en informer, et de vous en instruire.

Et tendant à Henri un parchemin, il le congédia d'un salut affectueux.

De retour au logis, Henri ouvrit le parchemin : c'était une pension annuelle de cinq cents livres sterling, c'est-à-dire de douze mille francs.

Le vieux protecteur de l'Angleterre tint sa parole. Il s'informa du duc d'Argyle, et il apprit qu'un prisonnier oublié depuis près de dix ans dans les cachots de la Tour de Londres avait porté ce nom. Le soir, le duc, qui depuis dix ans n'avait pu corrompre les geôliers pour savoir des nouvelles de ses enfants ou leur faire tenir des siennes, fut mis en liberté.

Lorsque le pauvre prisonnier revit le ciel, respira l'air pur et frais du soir, il tomba à genoux dans une muette extase; ses lèvres murmuraient une prière d'actions de grâces au Créateur.

Puis il s'élança dans la populeuse cité, cherchant dans ses souvenirs le chemin qui le con-

duirait à la maison qu'habitaient ses enfants au
moment de son départ. Il arriva. Des voix fraîches et joyeuses chantaient au faîte de la maison. Il monta, et son cœur battait bien fort,
car il avait peur que ce fût une illusion.

Il frappa; les voix se turent; puis William
e prit à dire : Qui peut frapper à cette heure?
Henri, voyez donc.

Le duc d'Argyle reconnut la voix de son fidèle serviteur, le nom de son fils bien-aimé.

Henri ouvrit. Que désirez-vous, Monsieur?
dit-il à cette pâle figure vêtue de haillons.

Mais l'émotion du duc était telle qu'il ne pouvait prononcer une parole. Enfin la voix lui revint, et il s'écria :

— Henri, mon enfant, ne me reconnais-tu
pas?

— A cette voix le vieux William se leva, et
s'élançant vers la porte, il s'écria :

— Oh! n'est-ce point une illusion? Est-ce la
voix de mon maître? Je vous en conjure, parlez, parlez, encore!

— Oui, William, c'est moi, reprit le duc : mon
fils m'a reconnu.

Henri s'était jeté dans les bras de son père.
Elisabeth à son tour le couvrit de ses baisers
et de ses larmes, tandis que William serrait
sur sa poitrine la main de son maître. Ce fut
un touchant tableau.

La nuit se passa en récits et en caresses; et le lendemain un arrêt du parlement rendait au duc d'Argyle ses titres, ses biens et ses propriétés.

Cromwell avait tenu sa parole.

Bientôt ils purent rentrer dans le palais de leur père. Là, sous ces lambris dorés, Henri et Élisabeth se regardaient en silence et n'osaient croire à leur bonheur. Ce passage si subit de la misère à la plus splendide opulence les éblouissait.

William leur devint plus cher encore. Il se rappelait, le vieux serviteur, les moindres détails de ce majestueux et immense palais, et se faisant conduire par Henri, il lui disait :

— Ici, mon maître, c'était la salle des gardes. Voyez, là, sur le manteau de la cheminée, sont sculptés dans la pierre l'écusson et les armes du noble duc votre père.

— Non, William, répondait le jeune homme, non; le blason est effacé, la hache des révolutionnaires a anéanti cet écusson.

Et tous deux ils se serraient la main; sans mot dire ils se comprenaient.

— Plus loin, mon enfant, c'était une immense galerie, toute garnie des tableaux des plus grands maîtres et des sculptures les plus rares. Des faisceaux d'armes, des panoplies d'armures, de cuirasses, de sabres, de cimeterres conquis au temps des croisades sur les Musulmans, ornaient cette superbe salle.

— Tout cela existe encore, William ; je vois tous ces magnifiques objets que vous venez de décrire. Tout a été respecté ici, William, par la fureur populaire, lors du pillage du château.

— Dites plutôt, mon jeune maître, que cette salle a été oubliée ou inaperçue ; car ces armes, ces prodiges des arts, auraient excité la convoitise.

— Tenez, mon maître, là, à droite, presque au milieu de la galerie, voyez-vous un portrait en pied? C'est un beau cavalier à la figure grave, au noble maintien ; il vous regarde, et ses yeux semblent vous sourire ; un chapeau de feutre orne son front couvert de longs cheveux, n'est-il pas vrai ?

— Oui, William, c'est bien cela, et votre mémoire est fidèle. Quel est ce cavalier?

— C'est l'infortuné Charles Stuart, celui qui est mort sur l'échafaud, celui pour lequel votre père a pendant si longtemps gémi dans une sombre prison. C'est un portrait du roi-martyr, peint par le grand peintre Van Dick, qui fut donné à votre père par le roi lui-même.

Ces souvenirs du passé ravissaient Henri et sa sœur.

Mais une scène plus touchante encore devait leur rappeler de bien cruels souvenirs.

Le duc d'Argyle, avant de quitter pour jamais le palais de ses pères, avant de fuir sur la terre française, avait caché dans un asile impénétrable aux regards humains les plus chers souvenirs de ses jeunes années, le portrait de la mère de ses deux enfants, quelques mèches de ses cheveux qu'il avait coupées lui-même sur le cadavre de son épouse, et les objets à son usage particulier qu'elle affectionnait le plus.

Un matin, c'était quelques jours après leur rentrée au palais, le duc d'Argyle vint chercher ses enfants, et les prenant tous les deux par la main il les conduisit en silence vers la cachette mystérieuse.

C'était presque un saint pèlerinage. Arrivés dans un vaste cabinet tendu de velours, il chercha pendant quelques instants à s'orienter; sa mémoire était rebelle; enfin il s'élança comme poussé par une puissance invisible, et soulevant la tapisserie, il fit jouer un ressort caché dans la muraille. Tout-à-coup une pierre tourna sur elle-même et livra passage au regard. Elisabeth et Henri attendaient en silence, appuyés l'un sur l'autre, et formaient un charmant tableau.

Le duc d'Argyle s'était élancé vers l'ouverture pratiquée par le retrait de la pierre, et y plongeant une main convulsive, il en avait re-

tiré un coffre d'ébène scellé d'un cachet da
cire noire.

Il le porta à ses lèvres pâlies, et s'approchant de ses enfants, il s'écria :

— A genoux, Henri ! à genoux, ma fille ! ce
sont de précieuses reliques que celles ren-
fermées dans ce coffre. Là sont les adieux
de votre mère, alors que, mourante, elle demandait à vous couvrir de ses baisers ; là sont
ses cheveux que je pris sur son front lorsque
la froide mort l'eut glacé de son toucher ; là se
trouve son visage si doux, si charmant, qu'il
semble vous sourire. Venez ! venez !

Et le duc entraîna ses enfants. Et lorsqu'ils
furent dans cette chambre où était morte leur
mère, le duc rompit le cacher et ouvrit la boîte.
Elle était pleine de bijoux, de ces riens que les
femmes aiment tant. Le portrait fut tiré du
fond, et le père, les enfants, le couvrirent de
leurs baisers, de leurs larmes. Ils ne se las-
saient pas d'admirer ces traits si touchants,
cette grâce naïve qui faisait le charme de ce
souvenir.

— Mon père, dit Henri, ne trouvez-vous
pas qu'Elisabeth ressemble à notre mère?

Le père jeta sur sa fille un doux regard,
en la pressant sur son cœur, il s'écria :

— Oui, c'est bien tout le portrait de sa mère,
c'est bien ce charmant sourire, ce sont bien

ces yeux si bons. Oui, c'est bien aussi le cœur de ma femme si chère ; c'est sa bonté, sa douceur. Pauvre enfant, tu me rappelles les années les plus fortunées et les plus douces de ma vie ; merci ! merci ! Et il l'embrassa une fois encore.

Depuis ce jour, la joie revint dans cette noble famille, tout semblait concourir à leur bonheur.

William retrouvait dans ces enfants les mêmes soins, la même affection que lorsqu'ils habitaient leur modeste asile ; le pauvre vieillard était heureux, ses prières étaient exaucées, il avait revu son maître, ou plutôt il avait entendu sa voix si chère lui dire :

— Merci, William, merci, tu as noblement rempli ta tâche ; Dieu te récompensera là-haut, car ton maître ne peut te récompenser ici-bas.

Quelques années plus tard, la jeune Elisabeth épousa un des principaux seigneurs de l'Angleterre, et portait un des plus beaux noms de ce pays.

Henri devint le chef de cette grande famille des Argyle ; car le duc, qui pendant dix ans avait gémi dans les fers, mourut quelques années après sa réhabilitation. Il fut le favori du Protecteur et le seigneur le plus puissant du royaume. C'est à lui que s'adressaient tous les malheureux, tous les proscrits; c'est lui qui dispensait toutes grâces. Aussi son nom fut-il béni de tous.

C'est une douce récompense que les bénédictions de tout un peuple.

FIN.

Limoges. — Imp. E. Ardant et Cie.

www.ingramcontent.com/pod-product-compliance
Lightning Source LLC
Chambersburg PA
CBHW051554280626
47162CB00022B/2268